너무나 선한 눈빛

― 제주 4·3 증언시집

지혜사랑 291

너무나 선한 눈빛
— 제주 4·3 증언시집

강상윤 시집

지혜

시인의 말

오랫동안 말도 못하고 얼마나 억울하셨을까.

영혼을 대신하여 말을 할 뿐이다. 애먼 민간인들을 재판도 없이 죽인 가해자들에 대한 진상이 밝혀지고, 합당한 법적 처벌이 내려져야 피해자들의 억울한 슬픔도, 한도 조금씩이나마 풀릴 수 있지 않을까. 국제법적으로도 민간인 학살의 공소시효가 없다는 것이 일반적이지 않은가. 제주도민 2만~3만의 민간인 학살 사건에 대한 가해자와 피해자의 진상을 함께 규명하는 것은 문명사회의 기본이며, 민주화된 나라의 당연지사가 아닌가. 그런데도 제주도가 도세가 약한 때문인지 지금까지 4·3과 관련하여 가해자가 징계나 처벌을 받은 사람이 전혀 없고 오히려 훈장을 받고 승승장구하고 출세했다는 사실이 가슴을 아프게 한다.

레비나스의 헐벗은 고아와 과부의 타자 얼굴을 하나의 사건으로 받아들여, 그들의 무한성과 초월성을 인정하는 것이 필요하지 않을까. 더 이상 주체의 자유란 타자에 대한 폭력성에 지나지 않고, 불쌍한 타자에 대해 책임감을 갖는 것이 우리의 극단적 이기주의와 자유의 방종함에 대한 부끄러움을 씻는 최소한의 길이 아닐까. 아직도 한나 아렌트의 악의 평범성이 넘쳐나는 제주도와 한국에서 최소한의 양심을 갖고 사는 일이 얼마나 힘든가. 힘이 들지만 조금씩 입을 열기 시작하는 4·3증언자들의 증언들을 외면해서는 안 되는 이유이기도 하다. 40여 전부터 채록을 시도하다가 실패

한 저의 게으름과 불찰을 심각하게 반성한다. 특히 집안에 강순현 어르신이 돌아가시기 전에 증언을 채록했어야 했는데 하는 자책감이 앞선다.

  그러나 이 책의 증언들은 직접 채록하지 못한 아쉬움이 있지만, 어느 4·3 기록보다도 훌륭한 제민일보의 『4·3은 말한다』1~5권과 4·3연구소의『이제사 말햄수다』1~3권, 제주MBC, 제주KBS, 제주일보, 4·3연구소 등의 증언 채록에서 인용되었으며, 억울하신 영혼들과 고통과 슬픔 속에 살아오신 4·3 생존자 및 유가족 여러분들께 삼가 이 책을 바친다.

2024년 봄
강 상 윤

차례

1부
팽나무들

2부
칭원稱寃허우다

3부
송요찬

4부
곱게 죽어주면

5부
4·3은 살아 있다

1부
팽나무들

종남 마을

조천면 와산리 종남밭에는 아직도 12여 가구
60여 명이 오손도손 모여 사는 것 같네
통시에는 돼지가 꿀꿀거리고, 하얀 엉덩이를
내보이기 부끄러워 어두울 때만 화장실에 가는
처녀도 보이는 듯하네

푸른 이끼가 가득한 집담에는 나무 서까래, 초가 지붕,
대들보는 없지만, 누가 올려 놓았는지 조선 막사발 파편과
항아리와 독의 깨진 조각들이 올려져 있네

무쇠솥은 녹슬고 깨졌지만 아직도 쓸 만하다고 버티고 있
네 알루미늄 주전자도 찌그러져 누워 있지만, 엊그제 술 취
한 아저씨가 언제 그랬냐는 듯이 술 주전자로 쓸 만하네

영희야 철수야 놀던 올레 길에는 왕대나무들이 숲을 이루
어 길을 가로 막고 있네
왕대나무 긴 마디가 마디를 타고 마침내 파란 하늘로 솟
아 오르고 있네 76개의 마디가 마디를 타고 내일의 4·3을
보여 주고 있는 듯하네

한 씨 친척들이 모여 새미 떡에 인절미, 빙떡, 침떡, 기주
떡 만들고, 쉰다리, 감주 준비하여 추석 명절 준비하던 것

이 엊그제 같은데, 기침소리 커렁커렁 하던 구장 할아버지
목소리도 두런두런 들려오는 듯하네

* 조천읍 와산리 잃어버린 마을 '종남밭'마을

아여떵어리* 1

볼레 오름 근처에 숨어 있을 때는 기침도
제대로 못하고 말도 제대로 못하였네

어떤 여자는 애기 둘을 데리고 다녔는데
한 번은 순경들이 숯 굽는 굴, 숯가마 집 위에서
이야기를 하고 있었네

이제 애기가 울어 버리면 다 죽지 안 합니까
그래서 이불을 있는 대로 다 덮었더니 걸리지는 안 하고
무사히 살기는 살았는데

순경들이 가고 이불을 걷어 보니까는
애기들이 숨 막혀 죽었어요
아여떵어리 그럴 정도로
기침도 못하고 말도 제대로 못하였네

* 아, 어떻게 하리
** 『이제사 말햄수다』 2권, 213쪽(안덕면 동광리)

14

아여떵어리 2

아기 구덕이 아니고 머리 구덕을 지고 내려온다
자랑자랑 윙이 자랑 우리 아기 잘도 잔다가 아니고,
내 속으로 난 내 아들의 머리통을 구덕에 지고 내려온다

통시에 어미 돼지가 숭을 봐서 자기 새끼들을 잡아먹는
다는 말은 들었어도, 자기 속으로 난 자식의 머리통을 구덕
에 지고 오는 경우가 있을까, 죽은 자기 아들 머리를 구덕
에 지고 산을 내려와야 하는 기막힌 일이 또 있을까

잘못된 나라, 잘못된 부모 만나서 니가 그렇게 되었구나
정말로 미안하구나 한 많은 이 세상에 왜 태어나서 자식까
지 이런 고통을 겪게 하나 내가 태어난 게 잘못이고 너를
낳은 내 잘못이다
아가야 슬퍼하지 마라 다 이 어미가 원수다 미안하구나 잘
못된 세상에 태어나게 해서 정말로 미안하구나 그래도 불타
버린 집으로 가자 어디 움막이라도 지을 수 있겠지

그래도 이것은 약과가 아니겠느냐 자기 자식 의복도 신
발도 신체도 못 찾고 언제 어디서 죽었는지 살았는지도 모
르는 행방불명 가족들에 비하면 약과가 아니겠느냐
눈물이 앞을 가려 제대로 걸을 수가 없구나 이 한스러운
삶을 누구에게 하소연하나

* 양대희(梁大姬)(여, 85세 서귀포시 서홍동)의 증언

너무나 선한 눈빛

미군 극동사령부와 연락장교를 하던 에버트 소령이 육군
무관의 라이카 카메라로 찍었고, 무관 사무실 요원에 의해
현상, 인화된 사진 한 장이 가슴을 찢어지게 하네

초등학교 운동회 날 친구들과 나란히 엎드려 덤블링 놀
이를 하는 것도 아니고, 아무렇게나 널브러진 시신들 가득
한 골짜기에서 어떻게 저렇게 천진난만한 얼굴로 쳐다볼
수 있을까

머리를 빡빡 깎은 모습이 잘해야 중학생이나
고등학생 정도 나이로밖에 보이지 않네
뒤에는 군인들이 총을 겨누고 있고, 앞에는
이미 총을 맞아 널브러진 주검들이 켜켜이 쌓여
있는 데도, 두려움 하나 없이, 신기한 듯이
사진 찍는 미군을 쳐다보고 있네

눈빛이 너무나 선해서 더욱 가슴을 찢어지게 하네 우리들
에게 걱정 말라고 괜찮다는 듯이 쳐다보는 것 같네

* 1950년 7월 첫째 주 3일간 대전 산내 골령골에서 4·3관련자 302명
  을 포함한 민간인 1800여 명을 학살한 현장 사진
** Pictures of execution of approximately 1,800 political prisoners
  in TAEJON 대전지역 정치범 약 1,800여명의 사형 집행사진 18장

한 방 쏴 주세요

"부장님 나 안 죽었어요. 나 좀 한 방 쏴 주세요." 당시 대전 형무소 교도관 이준영*씨는 대전 산내 골령골 민간인 학살 현장을 목격했던 사람으로 위와 같이 증언을 하였네

총을 맞아 얼마나 고통스러웠으면 살려 달라고 하지 않고, 총 한 방을 더 쏘아서 아예 죽여 달라고 할까

1950년 6월 25일 한국 전쟁이 일어나고 수도가 대전으로 피난 온 상황에서, 예비 검속자들이 북한군에 협력할 가능성이 있다는 이유만으로 재판도 없이 무차별 희생된 것이네

당시 대전 형무소에는 보도연맹 관련자와 제주4·3관련자, 여수·순천 사건 관련자 등 1,800여 명에서 7,000여 명이 수감되어 있었는데 합법적인 절차도 없이 무차별 학살된 것이네.

* 대전형무소 교도관(특경대 부대장, 당시 27세)
** 4·3관련자 302명도 함께 학살됨

오망오망*

마을 집들이 모두 불타버리고 산으로 갈 수도 없고, 해변
으로도 갈 수 없는 상황이었네 그래도 사람들이 살던 곳, 불
타 버린 집 주변 돌담 옆에서 사람들이 모여 앉아 무엇을 찾
았는지 고구마인지 감저인지 무엇을 먹고 있었네

오망오망 아이들도 있고, 어른들도 있고 한데
어디 숨으러 가자고 할 때였네 새벽 5시쯤인데 불 냄새도
나고 했을 테지만 토벌대 군인들과 대동청년단 수백 명이
올라와서 사람들에게 모두 모이라고 총으로 박아 버리기도
하고 막 때렸네

20여 명 사람들을 모두 멍석으로 뒤집어씌운 다음 멍석
위에다가 메밀대와 지푸라기로 불을 붙여 버리니 모두 죽
어 숯덩이가 되어 버리고, 멍석 밖으로 뒹굴어난 2명만이
겨우 살아났네

* '올망졸망'의 방언
** 강춘화(83세, 당시 32세, 안덕면 동광리)의 증언

모슬포로 가는 돼지

마을 사람들은 시신에 흙 몇 줌 덮어
두고 살기 위해 도망 다니기 바빴네

그런데 옆집에 있던 어미 돼지 한 마리가
먹을 것이 없어 헐어진 담을 나와서
시신들이 있는 근처를 돌아다녔네
주둥이로 흙을 헤집으며 시신들을 뜯어 먹었네

그 날 시신들을 뜯어 먹던 그 돼지도 결국은
군인들에게 발각되어서 잡아먹으려는지
군인들이 타고 온 트럭에 실려져 모슬포 쪽으로 가버렸네*

* 강기방(안덕면 동광리)의 증언

19

납읍 조평옥 순경

느영 나영 두리둥실 느영
낮에 낮에나 밤에 밤에나
참 원수로구나

아침에 우는 새는 배가 고파 울고요
저녁에 우는 새는 억울해서 못 죽는다
1949년 1월 16일 빌레못 굴 어귀에는
뿌연 김만 돌고요 납읍 조평옥 순경은
무슨 원수가 져서 우리 한 살 아기를
돌담에 메쳐서 죽이나

해로불근 대로불근 海路不近 大路不近
애월곽지 해변으론 토벌대 무서워 못가고,
한라산엔 무장대 무서워서 못 가고요
어음리 빌레못 동굴로 왔수다
애월곽지 바당에는 어스름 달만 비치네
옛날엔 탐라국 명승지도 많고요
납읍엔 경찰도 많고 인심도 좋구요

납읍 조순경은 무슨 원수가 져서
설운 우리 아기를 휘둘러 메쳐 죽이나
내 머리통은 왜 총 개머리판으로

깨부수어 죽이나
아까운 이내 청춘 억울해서 못 죽는다
한라산 백록담엔 선녀만 노네
무정 세월아 왔다 가지를 말어라

납읍 조평옥 순경은 우리 현가 집과
무슨 원수를 져서 시아버지 시어머니
우리 가족 여덟 명을 몬딱* 죽이나
아까운 이내 청춘 억울해서 못 죽는다
인생 일장춘몽인데 사람 죽이는 일 말고
좋은 일도 하면서 살아나보자
사람 죽여 미안하단 말 한 마디
하여나 보자
세상천지 넓다고 해도 요 내 몸 묻힐 곳은
한 곳도 없구나

* 모두
** 진운경(68세, 당시15세, 애월읍 납읍리)의 증언

서부쟁이*

빗자루 닮은 서부쟁이 나뭇가지를
꺾어서 사람이 싹 넘어간 뒤에 서서
이렇게 삭삭 빗질하듯이 쓸 면은
차 같이 눈발자국이 다 평평해져
없어져 버리더라고요
그 눈발자국을 밀 면은 들어 가주고
또 그 사람네가 넘어간 뒤에는
뒤에 있는 사람이 그 나뭇가지를
또 꾸부려서 삭삭 그 놈을 쓸 면은
또 사람 발자국이 다 없어지는 거에요
그렇게 밀고 하면서 한참 사람들이
들어오지 못할 정도까지
그 깊은 산 눈 속에 들어가지니까
우리 사는 데까지 그 사람들(토벌대)이
못 들어 온 거여

* 섶, 잎나무, 풋나무, 물거리 따위의 땔나무
** 강도화(82세, 안덕면 서광리)의 증언

22

은신隱身

굴 안에 방호벽을 쌓고
막다른 곳에 흙벽을 판다
캄캄한 어둠 속에
나뭇가지로
돌멩이로 흙벽을 판다
손톱이 닳아지도록
손가락이 휘어지도록
흙벽을 파고 또 판다

누군가 굴 안으로 바람이
들어온다고 한다
마침내 밴뱅디굴 밖으로 구멍이 뚫려
밖으로 나왔더니
군인들이 기관총을 쏜다

* 김형조(金亨祚)(75세, 조천읍 선흘리)의 증언

갈옷 입은 천사

감물柑汁을 들인 갈옷 차림으로
민가를 찾아 온 군인들은
'산사람인데 쫓기고 있으니
살려 달라'고 애원하였네

군인인 줄 모르고 항아리에 숨겨 주려고 한
강봉욱(康奉旭, 49세)·백화일(白花日, 46세)씨
부부와 윤정희(여, 22)씨가
마을 팽나무 앞으로
끌려나와 총살되었네*

* 김상호(金尙浩)(97년 66세. 구좌읍 동복리)의 증언

팽나무들

섣달 매서운 하늬바람에 우우우
울어대는 비학동산 팽나무들

피 흘리고, 상처 나고, 고름 터져
원귀들이 된 비학동산 팽나무들

서러운 상갓집에는 혼자 가지 말고
큰물 큰 나무들 있는 곳에는
먼저 가지 말라는 말이 있지만

우우우 울어대는 비학동산 팽나무들
원귀들을 보면 그냥 갈 수가 없네

총 맞아 죽고, 죽창 맞아 죽고
큰 칼에 가슴 잘려 죽고,
대검에 숨통 쑤셔, 대검에 사타구니 쑤셔
난도질당해 죽은 팽나무들

어미 뱃속에서 한창 주먹질 발길질해야 할
아기도, 만삭의 엄마도 무수히 칼 맞아
죽은 귀신들
우우우 울어대는 비학동산 팽나무들 곁을

떠날 수가 없네

손 팔 다리, 허리 잘리고, 몸통 잘리고
턱은 날아가고, 가슴 잘리고, 사타구니 찢겨
죽은 귀신들
비학동산 팽나무들이 하소연 하네
죽이지 말아달라고
우우우 울어대며 하소연 하네
섣달 매서운 하늬바람 되어
하소연 하네
더 이상 죽이지 말아 달라고

* 안인행(66세, 애월읍 장전리)의 증언

그래서 살았네

1948년 11월 13일 새벽 4시쯤,
철모에 하얀 띠를 두른 토벌대 군인들이 와서
잠자고 있는 마을 사람들을 깨워 나오라고 했네
마을 사람들이 애월면 원동 주막 번데기에 모이니까
10분 내로 죽을 줄 알라고 했네

고남보(87세, 당시 17세)씨는 매일같이 동네마다
사람들을 죽이는 총소리를 들어왔기 때문에
무조건 도망을 쳤네
총 맞아 죽는 한이 있더라도,
뛰다가 자빠져 죽자고 뛰었네
'한 놈 뛴다. 한 놈 뛴다.'
외치는 소리를 들으면서도 뛰었네
죽이지 않을 테니 가만히 있으라고 해도
무조건 뛰었네 이왕 뛰기 시작한 거
멈출 수가 없었네 그래서 살았네

발작

아버지는 술을 한 잔 하거나 하면
소나무밭을 가리키면서 저기 군인들이
총을 메고 나를 죽이러 온다
아버지는 돌멩이를 줍고
어머니와 내가 안 주우면
저 군인들이 날 죽인다
죽기 전에 우리가 먼저 저 군인을
죽여야 한다 어떻게 합니까
아버지 술 마신 기분을 맞추어 드려야지

그러나 아버지가 탁 잡는 건 어머닌데
어머니를 군인으로 알고
얼마나 두드려 패는지 모릅니다
그러면 어머니는 소리를 막 지르고,
한참 후에 아버지가 눈을 떠서 두리번거리며
군인이 어디 갔느냐고 묻습니다
이런 일이 한두 번 있는 게 아닙니다

밤에 집에 들어오다 깜깜한 곳에만 가면
그게 다 군인입니다 저 소나무도 군인,
전봇대도 군인, 집안에 있는 가구도 다 군인입니다
어릴 때는 잘 몰랐는데 그러다가 나이가 들어

그 이유를 알았는데,
그때 아버지를 잘 치료받게 해드렸어야 했는데
지금 생각하면 너무나 안타깝습니다
아버지는 그때 원동 마을에서 할아버지 할머니
고모 두 분을 한꺼번에 잃으시고
아버지도 여러 군데 총을 맞았지만
간신히 살아나셨습니다

* 양창석(애월읍 소길리, 당시 원동 마을 거주)의 딸의 증언

보리 겨

원동 마을에서 어른들은 대부분 죽임을
당하고 곽지에 내려와 살았는데,
친정어머니는 남의 밭 김을 매주거나
하면서 근근히 살았네
먹을 것이 없어서 남의 밭 이삭 줍기를 하러 다니거나,
소나 먹을 질경이, 무릇, 옥까기(자운영), 콩쿨(콩잎), 같
은 것을
장에 담갔다가 배고픈 김에 먹다 보면
속이 막 쓰렸네
그 때 부두에 가서 맥주 보리 겨를
살 수가 있었는데, 그때 돈 20전이면
몇 해나 묵었는지 좀벌레가 그랑그랑한
보리 겨를 두 가마니나 살 수가 있었네
그것을 지고 발이 부르트게 제주시에서
곽지까지 멜빵으로 져서 걸어 왔는데
집에 오니 그냥 쓰러져 버렸네
어머니는 불을 때라고 해서 무슨 먹을 것을
해주려는가 보다고 해서 물을 끓였는데
다 끓이고 나니 불을 끄라고 했네
저 집은 불이 꺼져 버렸다는
말을 듣고 싶지 않다는 것이네
남들이 보기에 저 집은 굶지 않고 불을 때고

무엇을 해먹고 있다는 것을 보이기 위함이네
원동에서 내려온 사람은 자기 밭이 있나
자기 집이 있나, 남의 집을 빌려 겨우 살았네

* 양신출(여, 88세, 한림읍 한림리, 당시 원동 거주)의 증언

2부
칭원稱寃허우다

복수야

어머님 전 올립니다
불초한 이 자식은 갑니다
금자야 문자야 윤부야 잘 있거라
너희 얼굴이 다시 그립다
하날님이여, 내가 오늘 죽게 된 줄
알거라면 왜 밤 꿈에 보이지
못하였습니까

복수야 이날 내가 죽은 후에
아이를 한 가지로 과오가 변함없이
잘 길러서 대한민국에 충성하도록 하여달라
일가 방상 어른들 미안합니다
내가 종가에 양자로 들어서
종가를 잘 지키지 못하고 죽게 된 것을
무엇이라고 말씀을 전하면
좋을지 모르겠습니다
우리 집 가운이 부족하여 이러하지 않았습니까
윤부야 너는 훌륭한 사람이 되어라 *

* 박우창(성산면 오조리, 당시 29세, 강복수의 남편)의 편지

청원

1948년 음력 10월 1일
조천면 함덕리 해수욕장에서
군인들이 구덩이를 파고
청년들을 죽이려고 하였네
그러자 마을 유지 한백희 씨와
송정옥 씨가 군인들에게 탄원을 했네
"앞으로 일은 우리가 책임질 테니
이들을 살려달라"고 하니
군인들이 "그러냐"고 대답을 했네

군인들이 청년들을 다 죽이고
모래 구덩이에 묻어두고 가다가
생각을 했는지,
"이놈들 좌익이 아닌가
앞으로 일은 우리가 책임진다?"
되돌아 와서 한백희 씨와
송정옥 씨를 죽여 버렸네

* 한백희, 송정옥(조천면 함덕리): 마을 유지

소 한 마리 값

1949년 1월로 접어들자 구좌면 세화지서에서는
금품을 갈취하느라 소개민들을 많이 죽였습니다
일단 잡아 놓고 죽이다 보면 뭐가 나오거든요
우리 마을 송당리 출신 우익 청년단장이
거간꾼 노릇을 했는데
소 한 마리 값을 바치면 풀어 준다고 했습니다
송당리 일등 부자인 김성사(金聖仕, 당시 30세)는
금품 요구를 거절했다가 죽었습니다
우리 형(채권병 蔡權柄, 당시 36세)이 끌려간 후에도
청년단장으로부터 흥정이 들어왔어요
아버지는 부랴부랴 소 한 마리값을 마련했습니다
그런데 풀어 주기로 한 날인 1949년 1월 31일에
마침 월정리 주둔 군인들이 지나가다가
감금돼 있던 형을 죽였습니다*

* 채희주(蔡熙周 80세, 구좌읍 세화리)의 증언

한락산에는 눈이 오고

하 눈이 내린다

흰 싸래기 같은 눈이 내린다

저 많은 눈으로

저 많은 싸래기 쌀로

밥을 지어서 배부르게 먹어 보자

돼지를 보고 오겠다고 한

삼촌은 왜 아니 올까

하 눈이 내린다

싸래기 같은 흰 눈이 내린다

한락산에

칭원稱冤허우다

아버지가 돼지 잡으려고 칼을 갈암시난
순경들이 심어간 해연 경해연
우리 어머닌 무사 우리 아방을 심어감시니
하며 뒤따라 가난, 같이 심어간 해연
자운당에서 많이 죽어신디
어떵허여신디는 모르고 나중에 들어보니
아버지는 돌아간 자운당에 묻어 두었데마씸

또 순경들이 임신한 어머니를 폭행해연
견디지 못할 정도로 폭행해연
막 때려 버려서 몸살을 저프게 해연
맞아노난 난 배속에 있어난
머리를 다쳤는지 어디를 다쳤는지
머리가 아판 간질인지 뭔지도 모르고
평생 아프고 살았수다

어머니도 7살 때 이 집에서 저를 버려서
형제도 없고, 사촌도 없고
할머니가 저를 쭉 키워 주셔서
7살 때부터 먹여주고 키워주셔서
학교도 보내 주고, 장가도 보내 주셨수다
이렇게 살게 해줬수다

할머니가 제일 고맙고, 제일 고마운 분이 할머니우다

어디 다니지도 못하고 일도 힘들언
영 살아서 뭣하리 하면서도
그래도 살아져서 이렇게 살아왔수다
4·3에 대한 것은 제가 아프니까
더욱 억울하고 칭원허우다

* 칭원ᄒᆞ다稱冤: 원통함을 들어 말하다
* 강태주(애월면 납읍리, 1949년 출생)의 증언
* 갈암시난: 갈고 있으니
  심어간 해연: 잡아가서 해서
  경해연: 그렇게 해서
  무사: 왜
  심어감시니: 잡아 가느냐
  어떵허여신디는: 어떻게 하였는지는
  두었덴마씸: 두었다고 합니다
  폭행해연: 폭행해서
  저프게: 많이
  맞아노난: 맞아 놓으니
  아판: 아파서
  영: 이렇게

처녀 토벌

주로 소개민들이 당하였지만
구좌면 김녕리 주민이라고 해서
안심할 수는 없었네
그래서 밤만 되면 부녀자들은
숨기에 바빴네
주민 50여 명이 숨었었다는
굴은 민가 안에 있었는데,
서너 평 남짓한 굴 속에
어떻게 그 많은 사람들이
웅크려 떨고 있었는지
처절한 모습이 아른거렸다고 하네 *

* 임기추(任基秋)(72세, 구좌면 김녕리)의 증언

대한민국 만세

　1949년 1월 8일 서북청년단으로 구성된
　특별중대 군인들은 명단을 하나 들고
　한동리에 들이닥쳤네 명단 속의 조대연(37세), 김봉선
(36세), 송봉언(35세), 고승호(33세), 임창손(22세) 등을
　군 주둔지인 구좌 중앙국민학교로 끌고 가
　밤새 고문을 하다가 이튿날 학교 앞 비석거리에서 학살
하였네
　이유는 누군가 '폭도들에게 식량을 제공한 사람들'이라고
　무고했기 때문이었네
　이장인 고승호는 5.10선거에 협조했다고 하여
　무장대가 그의 집에 불을 지르기까지 했던
　우익 사람이었네 당시 민보단장이었던 고동식 씨는
　"이들이 죽어 가며 '대한민국 만세'를 부르자,
　소대장은 '그거, 죽일 사람들이 아니었구먼'이라고 했
다."고 증언하였네*

* 고동식(76세, 제주시 일도2동)의 증언

국물

당시 서북청년단은 월정리 주민들을
모아 놓고 서로 뺨 때리기를 시키기도 했어요
심지어 할아버지와 손자간에도 강요했지요
세게 때리지 않으면 그놈들이 달려 들어
죽도록 때렸습니다
인륜을 저버린 행위입니다 왜 그러냐면,
그래야 뭔가 국물이 나오거든요
이장이나 민보단장이 돈을 모아 가든지
소를 끌고 가든지 해야 그 짓이 끝났습니다*

* 한등길(韓藤吉)(66세, 구좌읍 월정리)의 증언

애원

　1948년 12월 3일 밤 9시께, 무장대는 세화 마을에 들어서자 길가 집들에 불을 질렀고 주민들을 닥치는 대로 죽였네 주민들은 아우성치며 세화지서를 향해 뛰었네 당시 세화지서에는 본서 직원 15명과 응원경찰인 충남부대 20명 약 35명이 있었지만 무장대가 물러갈 때까지 꼼짝도 하지 않았네 당시 집에서 약 300미터 떨어진 곳인 팽나무 아래서 보초를 서던 지형창씨는 그날 밤 9시 경, 총소리가 한 방 나더니 자기 집 쪽에서 불길이 솟았다면서 경찰들에게 "우리 집이 불타고 있다. 가족들이 위험하니 빨리 출동하자고 애원해도, 경찰들은 지서 안에 꼭꼭 숨어 총 한 방 쏘지 못했어요. 날이 밝은 후 집에 가 보니 불에 타 버린 시신들뿐이었다"고 증언했네*

　그날 총소리는 맨 처음 한 방뿐이었고 경찰들이 진작 나서서 총으로 응전했다면 큰 피해를 막을 수 있었다고 분통을 터뜨렸네 한편 날이 밝자 경찰과 군인 토벌대들은 세화지서에 감금되었던 종달리 주민 16명을 총살하며 보복 학살이 시작되었네

* 지형창(池衡昌)(71세, 구좌읍 세화리)의 증언

대살代殺 1

1948년 11월 28일 아침 토벌대는 하도리 주민들에게 18
세부터 80세까지 모두 성산포로 모이라고 했네

군인들은 호적을 일일이 대조하며 청년들이 피신한 집
안은 '도피자 가족'이라고 하며 감금했다가, 이튿날인 11월
29일 집단 학살했네
이 때 희생자 중 확인된 사람은 부경생(여, 63세), 부규찬
(61세)등 13명이네*

* 손성민(孫性敏)(88세, 구좌읍 하도리)의 증언

대살代殺 2

　성산면 신풍리는 4·3 때 약 20여 명의 희생을 치렀네. 그런데 신풍리 출신으로 입산한 오근옥(32세)과 오용필(21세)이 있었네

　이들이 도피 입산인지 무장대로 활동한 것인지는 불확실하지만 대살代殺이 자행되었네 오용필의 부모는 '도피자 가족'으로 토벌대에 의해 총살되었고, 오용필도 붙잡혀 총살되었네. 오근옥은 이미 자신의 모친과 함께 총살되었지만, 오근옥의 처(28세, 난산리 출신 김씨)는 임신한 상태에서 고모가 사는 표선면 성읍리로 몸을 피했네 그런데 아기가 태어난 지 일주일 되던 때 그녀의 신분이 드러났네 토벌대는 모자를 창으로 찔러 죽였네 또 오근옥의 부친 오희삼(49세)은 무사히 피해 가다가 6.25 전쟁 발발 후 예비 검속되어 성산포 앞바다에 수장되었네

* 제민일보, 『4·3은 말한다』, 1998년

등사판

　1949년 1월 13일 성산면 성산리 주정공장 창고에서는 교사들도 대거 끌려와 고문을 받고 있었네
　동남국민학교(당시엔 성산서초등학교)의 등사판이 없어지자 '무장대의 삐라 제작을 위해 빼돌렸다'는 혐의를 받은 것이네
　이들도 모진 고문을 받다가 고성리 청년들과 함께, 혹은 전후로 총살되었네

　이날 희생자로는 동남국민학교 김영택 교장(33세)과 오달송(32세), 정맹존(22세), 홍창수(22세) 교사와 성산국민학교 정양심(20세), 김두옥(20세) 교사 등이네*

　* 김옥찬(金玉燦)(71세, 서귀포시 강정동, 서귀여중 교장 역임)의 증언

고구마

"서북청년단은 참으로 지독했습니다.
오죽했으면 경찰이 나서서 일시 가두기도 했겠습니까.
성산 주정 공장 창고 부근에는
부녀자와 처녀들의 비명 소리가
끊이지 않았습니다.
서북청년단은 여자들을 겁탈한 후
고구마를 쑤셔 대며
히히덕거리기도 했습니다."*

* 고성중(高成重)(1994년 사망, 성산면 성산리 대동청년단장)의 증언

그걸 먹고

마을을 다 불 붙여 버리니 갈 곳이 없어
남의 뒤를 따라 사리물 궤에 12명이 숨었는데,

이틀 만에 발각이 되고 말았네. 토벌대가 사리물 궤 양편
에서 총을 쏘니 이리 뛰고 저리 뛰고 하면서 이 나무 아래
숨고, 저 나무 아래 숨고 하면서 피하였네 죽는 사람은 죽
고, 사는 사람은 살고 나도 머리에 3군데, 젖가슴에 5군데,
팔뚝 여기에 맞고 여기로 총알이 나왔네

나중에는 나무 위로 살살 올라갔는데, 누군가 따라 올라
와서 날이 밝아버리니까, 군인들이 저기 사람이 있다 하면
서 M1총을 막 쏘니 한 사람이 떨어졌네 나도 스르르 바윗
돌로 미끄러지며 구렁텅이에 떨어졌네 그런데 머리는 아래
로 내려지고 엉덩이는 위로 올려져서 피가 아래로 흘러내
리는데 내가 그걸 받아먹었네

몸이 기울여져 흘러내리는 내 피를 내 입으로 받아먹고
살아났네 다음날 3시쯤 우리 형님이 나를 데려갔네*

* 김재길(72세, 남원읍 수망리, 당시 20세)의 증언

군인 아들

"우리 가족은 남원면 수망리 사람들이 숨었던 '사리물궤' 부근에서 은신생활을 했습니다. 수망리 사람들이 당할 때는 약 2백미터 거리에 있었지요. 그후 표선리에서 온 토벌대에게 잡혔습니다. 열한 살이던 나는 도망쳤지만 어린 동생은 거기서 죽었습니다. 난 군인들이 무고한 사람들을 죽이는 것을 두 눈으로 똑똑히 보았습니다.

그래서 지금도 현충일에 국기를 달지 않습니다. 한 번은 내 아들을 보고 깜짝 놀란 적이 있습니다. 입대했던 둘째아들이 휴가 왔을 때인데 정면에선 몰랐지만 그 아이가 뒤돌아서면서 등을 보이는 순간, 갑자기 옛날 군인들 모습이 떠올라 섬찟했습니다. 내 아들임에도 거부감이 팍 일더군요."*

* 김홍석(金洪錫 61. 남원읍 의귀리)의 증언

13살의 충격

토벌대는 남아 있는 가족들을 '도피자가족'이라 하여 총
살했네 1948년 12월 17일 중문면 강정1구에서도 토벌대
는 집안에 젊은이가 사라진 주민 12명을 속칭 '메모루동산'
으로 끌고 가 총살했네

"둘째오빠가 행방불명 돼 버리자 우리는 '산폭도 집안'으
로 몰렸습니다. 어머니와 언니, 그리고 나까지도 토벌대에
게 끌려가 말할 수 없는 고문을 당했습니다. 옷을 벗기고 거
꾸로 매달아 고춧가루를 탄 물을 코와 입에 부어 댔습니다.
입을 다물면 쇠붙이로 이빨 사이를 억지로 벌리는 바람에
이가 다 부러졌습니다. 우리가 오빠를 숨긴 채 밥을 날라주
었다는 겁니다. 그들이 어머니를 죽일 적에 언니와 나도 함
께 끌려갔습니다. 토벌대는 우리에게 '어머니가 죽는 것을
잘 보라'고 하면서 총을 쏘았습니다."

* 정순희(64. 서귀포시 강정동)의 증언

병아리 숨듯

본격화된 초토화작전으로 중문면 영남리 92명의 주민 중
50여 명이 희생되었고, 그후 마을은 영영 사라지고 말았네
주역의 산지박山地剝괘 산이 무너져 내리는 모습이네

"1948년 11월 18일, 중문면 영남리에 토벌대가 들어서
자마자 닥치는 대로 총을 쏘면서 불을 질렀습니다. 우리 가
족은 마을 위 밀림지대로 도망쳐 겨울을 보냈습니다. 토벌
대가 나타날 때마다 뿔뿔이 흩어져 병아리 숨듯 도망쳤습
니다. 그러나 큰할아버지와 큰할머니가 빗발치는 총알에
희생됐고, 큰할아버지가 업고 다니던 동생은 부상을 당했
습니다. 어린 남동생은 굶어 죽었고, 여동생(이명자)은 난
리 통에 헤어져 소식을 모릅니다. 아버지도 붙잡혀 돌아가
셨고, 어머니는 나와 남동생을 데리고 친정으로 피해 겨우
목숨을 구했습니다. 영남리 고향엔 밭도 있고 소도 많았지
만, 알거지가 된 나는 남의 집 머슴살이를 10년이나 하며
참으로 어렵게 살았습니다."*

* 이광찬(李光燦 60. 서귀포시 법환동)의 증언

3부
송요찬

송요찬*

　1948년 10월 17일 송요찬 9연대장은 해안선에서 5㎞ 이상의 중산간 지대를 통행하는 자는 폭도배로 간주해 총살하겠다는 포고문을 발표하였네

　1948년 11월부터 1949년 2월까지 4개월 동안 토벌대가 남녀노소를 가리지 않고 총살함으로써 2만~3만 명의 희생자 대부분이 생겨났네

　4·3위원회에 신고된 통계에 의하면, 15세 이하 전체 어린이 희생자 중, 이 때 희생자가 전체의 76.5%를 차지했네 61세 이상 희생자 중에서도 이 기간에 76.6%가 희생되었네

　당시 제9연대 보급과 선임하사인 윤태준은

　"송요찬 연대장은 초토화 작전을 펼쳤다. '거처 가능한 곳을 없애라. 또는 불태워 버리라'고 했는데, 송요찬 연대장은 일본군 출신으로서 무자비하게 사람을 죽였다."고 증언하였네

* 4·3 당시 9연대장, 육군참모총장, 61년 5·16 직후 국방장관 겸 최고 회의 기획위원장, 내각수반, 인천 제철 사장 등 역임. 63년 박정희 대통령 출마 반대해 구속, 1980년 사망. (한홍구 TV참조)

반헌법 행위 혐의 내용 : 군 토벌 작전 주도, 무차별 학살 지시하는 내용의 포고령 발표.

기타 이력 : 일본군 출신, 4·3 당시 만30세, 대전형무소에 수감 중이던 보도연맹 민간인 7천~8천 명을 송요찬 대령이 정재환 대전 검사장과 심용현 중위와 함께 학살하도록 명령하여 산내 골령골에 암매장함.

함병선*

"함병선 2연대장은 신분이나 무기 소지 여부를 가리지 않고, 폭도지역에서 발견된 모든 사람을 사살하는 가혹한 작전을 펼쳤다"고 미군 비밀 문서는 기록하고 있네

1949년 3월말 제주도 지구 전투사령부는 "산에서 내려와 귀순하면 과거 행적을 묻지 않고 살려 주겠다"는 선무 공작을 폈네

하산한 사람들은 대부분 노인과 부녀자, 어린이들이었네
그러나 함병선 2연대장은 하산한 주민들을 군법회의에 넘겼네

군법회의는 최소한의 법적 절차도 거치지 않고 불법적으로 젊은 남자들은 대부분 사형, 무기형, 15년형 등 중형을 선고하였네 그 결과 1천 6백 60여명의 주민이 제주 비행장에서 총살되거나 전국 각지의 형무소로 보내져 감금되었네
6·25 이후 재소자들은 각 형무소에서 총살되었네

* 함병선(1920~2001년)

당시 직책: 2연대장(서북 출신)

반헌법 행위 혐의내용: 군 토벌 작전 주도

기타 이력: 일본군 공수부대 출신, 육군 준장, 5·16 직후 국가재건최고회의 기획위원장, 한국해외개발공사 사장, 자유총연맹 상임이사. (한홍구 TV참조)

탁성록

"9연대 정보참모가 탁성록 대위인데, 그 사람 말 한 마디에 다 죽었다. 그때 헌병에게 잡혀가면 살고, 탁 대위에게 잡혀가면 민간인이고, 군인이고 다 죽었다."고 당시 9연대 보급과 선임하사인 윤태준이 증언하였네

"서북청년단 이 놈들이 고얀 놈들이다. 처녀를 겁탈하고, 닭도 잡아먹고 빨갱이로 몰기도 하고, 이 놈들이 사건을 악화시켰다. 그래서 도망갈 길 없는 주민들이 더 산으로 오른 것이다."

탁성록은 원래 작곡가이고 나팔수인데 진주 논개의 노래를 작사 작곡할 정도였네

그러나 진주 CIC대장을 할 때도 민간인들을 많이 죽였네 얼마나 마약 주사를 많이 맞았는지 주사 바늘이 들어갈 곳이 없었다고 하네

영화 '지슬'의 마약쟁이 군인이 바로 탁성록 대위를 모델로 한 것이네

* 당시 직책: 9연대 정보참모(대위)

반헌법 행위 혐의 내용: 군 토벌 작전 핵심 진압군, 진주 보도연맹 학살 주도 CIC 진주 단장. (한홍구 TV참조)

이승만*

　1949년 1월 21일 국무회의에서 대통령 이승만은 "제주도, 전남 사건의 여파를 발근 색원하여야 미국의 원조는 적극화할 것이며, 지방토색 반도 등 악당을 가혹한 방법으로 탄압하여 법의 존엄성을 표시할 것이 요청된다."고 연설하였네

　미국의 원조를 받기 위해서 민간인 학살을 부추기는 이런 자가 국부일 수 있는가

　4·3 당시 수차례 제주도를 방문하여 토벌대를 부추기고, 김구 암살 등 수많은 테러의 혐의자이며, 또 다른 지역(제주, 대전, 대구, 여수, 순천, 거창 등 남한 전 지역)에서 22만~110만여 명 민간인 학살의 주범임을 만천하가 알고 있지 않은가 이미 미군정을 거치며 자본주의의 단맛을 본 한국인들을 죽이지 않더라도 공산화되지 않을 것이라는 것은 누구나 다 아는 사실이 아닌가

　"당시는 몰랐지만, 지금 생각해 보면 이승만이 우리를 이용했다고 여겨집니다. 당시 서북청년회 문봉제 단장은 이 대통령의 신임을 받던 측근이었습니다. 앞뒤를 가리지 않고 공산당을 없애야 한다는 명분 하나를 앞세워 현지 사정도 잘 모르는 대원들을 대거 투입한 것입니다. 국민을 생각하지 않고 자신의 집권욕만 생각한 것이지요. 이 대통령의 허락 없이 어느 누가 재판도 없이 민간인들을 마구 죽일 수 있는 권한이 있겠습니까. 이 대통령이 '죽이지 말라'고 했으

면 제주도에서와 같은 학살사태가 있을 수 있습니까. 내가 살고 있는 가시리에서는 며칠 전에 집집마다 제사를 지냈습니다. 대부분 억울한 죽음이었다고 들었습니다. 아무튼 학살의 총책임자는 이승만이라고 생각합니다."**

* 당시 직책: 대한민국 대통령

  반헌법 행위 혐의 내용: 제주 4·3사건 학살의 최종 책임

** 박형요(朴亨堯)(83, 표선면 가시리, 서북청년단 출신 경찰관)의 증언. (한홍구 TV 참조)

조병옥*

1948년 3월 14일 미군정 경무부장(지금의 경찰청장) 조
병옥은 4·3의 도화선이 되는 3·1절 발포 사건으로 인한 총
파업이 일어나자, 제주도에 내려와서 연설을 하였네

"제주도 사람들은 사상적으로 불온하다."

"건국에 저해가 된다면 싹 쓸어버릴 수 있다."

제주 4·3의 강경 진압은 조병옥의 독려가 강하게 작용했
네 그는 제주도민들에게 말할 수 없는 피해를 남긴 응원경찰
과 서북청년회 단원들을 투입시켜 강경진압을 주도하였네

제주도 4·3사건 진압 회의에서도 조병옥과 김익렬 9연대
장이 몸싸움을 할 정도로 강경 진압을 주도하였네

저명한 항일운동가였고, 민주주의 발전에도 뚜렷한 자취
를 남긴 그가 4·3 강경 진압의 책임자가 된 것은 가슴 아픈
일이네

당시 서북청년회 단장 문봉제의 증언에 의하면,

"우리는 어떤 지방에서 좌익이 날뛰니 와 달라고 하면 서
북 청년단(서청)을 파견했어요. 그 과정에서 지방의 정치적
라이벌끼리 저 사람이 공산당원이라 하면 우리는 전혀 모
르니까 그 사람을 처단케 되었지요.

우린들 어떤 객관적인 근거가 있었겠어요?

그 한 예가 제주도인데, 조병옥 박사가 경무부장으로 있
으면서 4·3사건이 나자마자 저를 불러 제주도에서 큰 사건
이 벌어졌는데

반공정신이 투철한 사람들로 경찰 전투대를 편성한다고
5백명을 보내 달라기에 보낸 적이 있습니다."

* 조병옥 (1894~1960)

당시 직책: 미군정 경무부장

반헌법 행위 혐의 내용: 초기 강경 진압 주도

기타 이력: 내무부 장관, 대한민국 3~4대 민의원, 민주당 대통령 후
보 등(한홍구 TV참조)

윌리엄 F. 딘

미군의 초토화 작전 방침은 4·3 발발 초기에 이미 가닥을 잡고 있었네 4·3 발발 직후 9연대장으로서 무장대와 평화 협상을 추진했던 김익렬 장군은 자신의 회고록을 통해, "미국 군정 장관 윌리엄 F. 딘 장군의 정치 고문이 제주도 폭동을 신속하게 해결하는 유일한 방법은 초토화 작전이라고 강조했다."고 하면서

이를 거절하는 자신에게 작전 수행 후 미국행 알선과 10만 달러의 돈을 주겠다며 유혹했다고 밝혔네*

김익렬 연대장 시절에 9연대 정보 참모였던 이윤락 씨도 "CIC 소령이 김익렬 연대장과 나에게 해안선에서 5km 이상 떨어진 중산간 지대를 적색 지역으로 간주, 토벌하라고 명령했다."고 증언했네**

미국 CIC 장교가 그해 5월 김익렬 연대장에게 제안했던 초토화 작전이 5개월 만에 실제 상황으로 드러났네

제주 해안은 포고문이 발표된 다음날인 18일 즉각 봉쇄됐네 해군은 7척의 함정과 수병 203명으로 제주 해안을 차단했네***

경비대 총사령부는 이에 그치지 않고 여수 주둔 제14연대 1개 대대를 제주도에 증파하도록 명령했네 그러나 10월 19일 제주에 파병될 예정이던 제14연대가 총부리를 돌려 반란을 일으킴으로써 초토화작전은 더욱 상승작용을 일으키게 되었네

* 김익렬「4·3의 진실」,『4·3은 말한다②』(전예원, 1994) 312-314쪽

** 제민일보 4·3취재반,『4·3은 말한다②』(전예원, 1994) 168쪽

*** PMAG 단장 로버츠 준장 공한철 1948.12.14.

미국 정부에 보내는 서한문

제주 4·3은 1947년부터 1954년까지 대한민국 제주도에서 당시 인구의 10%에 해당하는 3만명 이상이 학살당한 사건입니다. 이승만 정부와 당시 대한민국 군과 경찰의 작전통제권을 갖고 있던 미군이 경찰 폭력과 분단에 반대하는 사람들을 심각하게 탄압한 결과입니다.

2003년 제주 4·3사건 진상규명 및 희생자 명예회복에 관한 특별법에 따라 진상조사보고서를 발표했습니다. 2003년 보고서는 제주 4·3 대학살의 책임은 이승만 대통령이라는 점을 명시하고 있습니다. 특히 이 대학살은 미군정 하에 이뤄진 일인 만큼 미국은 4·3 대학살과 인권 유린의 책임에서 결코 자유로울 수 없습니다. 대학살의 주요 시기가 대한민국 정부 수립 이후라는 것도 미국에게는 변명거리는 되지 못합니다. 1948년 8월 24일에 체결된 한미군사협정에 따라 미군사고문단이 한국군에 대한 작전권을 보유했습니다. 실제 진압작전을 위해 미군의 무기와 정찰기 등을 지원했습니다. 그러나 책임을 져야 할 미국 정부는 70년 넘는 긴 세월이 흘렀지만 아직까지 아무런 말이 없습니다. 그러는 사이 고통 속에 한 생을 살아야 했던 4·3 생존자들이 대부분 세상을 떠나고 있습니다. 살아남은 80~90대의 생존자들도 앞으로 살아갈 날이 얼마 남지 않았습니다. 4·3의 아픈 상처는 아직도 아물지 않고 있습니다. 미국은 제주 4·3에 대해 공식 사과해야 합니다. 국제인권법의 중대한 위반행위와 국제인도법의 심각한 위반 행위의 피해자의 구제와 배상에 대한 권리에 관한 기본원칙과 가이드라인에 근거해 민간인 학살에 대해 철저히 조사하고, 그에 상응하는 조치를 취해야 합니다.(부분 발췌)

2021년 1월 21일 *

* 제주4·3범국민위원회, 재일본제주4·3유족회, 미주제주4·3유족회(준), 제주4·3기념사업위원회(소속단체=제주4·3희생자유족회, 제주4·3연구소, 제주민예총, 제주4·3도민연대 등 43개 단체 일동

설재련薛在連*

1960년 '4·19 혁명' 후 국회에서 '4·3 양민학살 진상규명 조사작업'을 벌이자 남원면 의귀리 주민들은 대부분 이렇게 신고했네

'가옥 및 재산 전부를 군軍에 의해서 소각당하고 노상路上에 방황하던 중, 군軍에 수감되어 무조건 살해당하였음. 학살 책임자는 2연대 1대대 2중대 중위 설재련薛在連.'

1949년 1월 21일 새벽 6시30분쯤 토벌대가 무장대의 습격을 받아 전투를 벌였네

토벌대가 승리하기는 하였지만 2중대 일등상사 문석춘, 일등중사 이범팔, 이등중사 안성혁과 임찬수 등이 전사하였네

흥분한 군인들은 무장대를 계속 추격할 생각은 하지 않고, 의귀국민학교에 수감되어 있던 80여 명의 주민들을 무차별 학살하였네 시신 수습을 못하게 하여 3개월 뒤에야 유족들이 시신들을 수습하려고 와 보니 누가 누군지 도무지 구분을 할 수 없었네

세 군데 무더기로 쌓아 놓은 무덤 그대로
'현의합장묘顯義合葬墓'라고 비석을 세우고,
'삼묘동친회三墓同親會'를 조직하여
매년 7월 말에 벌초를 한다고 하네**

* 4·3 당시 2연대 1대대 2중대장. 전남 진도 태생, 1947년 5월 경비사
  관학교 4기 1948년 소위 임관, 6·25 전쟁 발발 후 소령으로 진급, 제
  주도 위수 지구 사령부의 고등군법회의 심판관으로 발령, 후일 준장
  으로 예편되어 캐나다로 이민 감.

** 고운희 (1994년 63세, 남원읍 의귀리)의 증언

최난수*

"최난수 경감은 일제 때 고등계 형사 출신으로 그때 버릇이 남아 고문을 일삼았기 때문에 나와 마찰이 잦았습니다. 하루는 내가 경찰서에서 숙직을 하는데 여자의 비명소리가 나서 도저히 잠을 잘 수가 없었어요. 취조실에 가보니 여자를 나체로 거꾸로 매달아 놓고는 고문하는 게 아니겠습니까. (중략) 최난수가 너무 한다. 이런 식으로 하면 제주 사람들은 육지 사람들에게 점점 등을 돌리게 된다. 그러면 사태 진압이 어려워진다"고 4·3 당시 제주경찰 특별수사대원 김호겸씨가 증언하였네.

"그래도 최난수는 막무가내였어요. 그런 고문을 받으면 안 한 일도 했다고 할 수밖에 없습니다. 특별 수사대는 또 스스로 삐라를 만들어 특정 마을에 몰래 뿌려 놓고는 그 마을 사람들을 잡아다 고문했습니다."

* 당시 직책: 제주 비상 경비 사령부 직속 특별수사 대대장
  반헌법 행위 혐의 내용: 증파된 육지 경찰 책임자로 학살 만행 주도
  기타 이력: 수도 경찰청 경감, 대표적 친일 경찰, 반민특위 암살 기도
  살인 예비죄로 징역2년 (한홍구 TV참조)

김재능*

1996년 '제주의 소리'에서 실시한 김아무개(채록 당시 76세) 채록에 의하면,

"서북청년단장 김재능이란 놈은 나이가 든 여자든, 젊은 여자든 어떻게 하면 하룻밤 잠자리를 같이 해 볼까 궁리하는 놈이었다. 김재능에게 얼렁뚱땅 다음에 보자고 하여 도망쳐 나온 적도 있다."

1948년 11월 9일 제주도 총무국장 김두현이

서청의 손에 고문치사당한 것도 서청의 위세를 보여주는 사건이네 제주도 행정의 2인자가 보급 문제에 불만을 품은 서청단원들에게 희생된 것이네 서청단장 김재능은 자기 사무실에서

심한 매질을 한 끝에 김두현 총무국장이 실신하자, 그냥 밖으로 내버려 끝내 절명케 하는 만행을 저질렀네 이런 살인 행위에 대해서 미군 정보기관이나 수사기관은 미온적으로 대처했네 서청들이 "공산주의자를 처형했다"고 주장하면 살인행위도 묵과되던 세상이었네

* 당시 직책: 서북 청년단 제주 지부장, 제주신보 탈취하여 사장
  반헌법 행위 혐의 내용: 서북청년단 현지 학살 만행 책임자
  (한홍구 TV참조)

홍순봉*

홍순봉은 친일 경찰 출신으로 4·3 당시 법률과 행정에 밝아 실제 계엄 집행과 학살 과정에 많은 역할을 하였네

"9연대장 송요찬은 무식한 편이었습니다. 반면에 홍순봉은 일제 경찰로서 만주에서 근무할 때 조선인 중에서는 최고 직책을 얻을 정도로 실력있는 사람이었습니다. 홍순봉이 계엄령이니 포고령이니 하는 것들을 대신 써주었습니다. 그런데 중산간이라고 해서 무조건 죽인다는 것은 계엄령이라고 해도 안 되지요. 일제 때 만주에선 그런 게 있기는 했습니다. 특정 지역을 설정해 무조건 발포하는 것이지요." 서귀포 경찰서장을 역임한 김호겸씨가 증언하였네.

* 홍순봉(1898~?)

당시 직책:제주도 경찰국장

반헌법 행위 혐의 내용: 초기 강경 진압 주도, 서북청년단 대거 동원

기타 이력: 친일 경찰(평안북도 경찰부 초산 경찰서 경부, 간도성 경무청 이사관), 친일 인명사전에 등재, 한국 전쟁 중 헌병으로 변신, 6대 치안국장, 증권협회회장(1962~1964.4) 증권협회 이사장(한국증권금융 역대 CEO) (한홍구 TV 참조)

최치환*

최치환은 4·3 학살을 주도한 서북청년단을
토벌 작전에 동원한 경찰 참모였네

일본 만주 신경군관학교를 졸업하고, 일본군 중위로 복무
했네 해방 후에도 내무부 치안국에 소속되어 권력의 중심부
에 진입했네 4·3 사건이 일어났을 때는, 진압 경찰의 지휘
관 작전 참모로 제주도에 파견되어 큰 전과를 올렸네 (내무
부 치안국, 『한국 경찰사』, 최치환 추모회, 금암회 약력 참조)

최치환은 제주 4·3 민간인 학살을 주도하면서
반공 정권에 인정을 받아 출세가도를 달렸네

박정희 정권 때는 국회의원을 3번 했고, 유신 시대에는
경향신문사 사장, 전두환 정권 때는 삼성 반도체 사장, 국
회의원 등을 지냈네

일제에 빌붙어 민족을 배신한 이들이, 해방 후에는 미군
정에 붙어 권세를 누리면서, 조국 독립을 위해 헌신한 분들
을 빨갱이로 몰아 죽였네

* 당시 직책: 제주 경찰 특별부대사령부 작전참모, 4·3사태 진압 특
     명 수행

 기타 이력: 1943년 만주신경군관학교(일본군 중위)1947년 광복 후
     경찰에 편입(경위), 1948년 경무부 경비과, 1948 경무
     부 Y지구 야전사령부 작전 참모(4·3사태 발발 직후, 서
     북 청년회 회원 200명 전투 경찰로 편성), 1949 경감 진
     급, 제주특별부대사령부 작전참모(2월), 4·3사태 진
     압 특명 수행 이후 서울특별시 경찰국장, 이승만 대통령
     비서관, 공보처장 5·6·7대 국회의원, 1971년 경향신문
     사 사장 10,12대 국회의원, 사위는 내무부 차관을 거쳐,
     15·16·17·18·19·20대 국회의원을 역임했고, 당대표 최
     고위원을 지냄 (한홍구 TV참조)

문봉제*

문봉제는 서북청년단 중앙 본부 단장으로서,
"우리의 배후엔 미군정 경찰이 있고,
행동의 철학은 이승만 박사로부터 나오고 있다."며 무소불위의 권력을 휘둘렀네
서북청년단은 "우리는 이북에서 공산당에게 쫓겨 왔다. 빨갱이들은 모두 씨를 말려야 한다"면서 극도의 증오감과 복수심을 일으켰네
미군정, 이승만 등 집권 세력은 "사상이 건전하고 철저한 여러분이 나서야 한다"고
한껏 추켜세우면서 제주도 학살의 최선봉에 세웠네 서청 단원들은 못된 짓을 많이 했네
할아버지와 손자 간에도 뺨때리기를 강요했네 세게 때리지 않으면 달려들어 죽도록 팼네 돈을 모아 가든가, 소를 끌고 가야 그 짓이 끝났네 주정 공장 창고 부근에는 부녀자와 처녀들의 비명소리가 끊이지 않았네

* 문봉제(1915~2004)

　당시 직책: 서북청년단 중앙위원장,

　반헌법 행위 혐의 내용: 서북청년단 학살 최종 책임

　기타 이력: 치안국장, 교통부 장관. 60년 김구 암살 사건 재수사 도중
　　　　　　 김성주 살해 사건으로 징역 3년 받았으나, 최종 무죄

　경찰 묘지 1-501-8 "평생을 국가와 민족 사랑에 바침으로써 일천만
　실향민의 귀감이 되었고, 남북통일의 염원을 간직한 채 일생을 마치
　셨다" (한홍구TV 참조)

김두찬과 허 욱

1950년 8월 20일(음력 7월 7일) 새벽 2시
송악산 섯알오름에서 한림면 등지에서 예비검속된 민간
인 61명이 총살되었네

3시간 후인 새벽 5시에는 대정면, 안덕면에서
예비검속된 양민 132명이 총살당하였네
대정읍 상모리 고구마 절간 창고에 구금되어 있던 347명
중에서 193명이 총살되었네

해군 김두찬 중령의 명령을 받은 허욱 중대장의
지휘 아래, 해병대 3대대 분대장급 이상
하사관들에 의해 총살당하였네

6.25 전쟁이 일어나자 적들과 협력할 가능성이
있다는 이유만으로 보도연맹 등 예비 검속된
민간인들을 어떠한 합법적인 절차도 없이
비밀리에 총살하였네

당시 군 트럭에 실려 가던 희생자들은 억울한 죽음을 알
리기 위해 검은 고무신과 입었던 옷과 소지품들을 길가에
버렸으나, 해병대는 곧 수거하여 불에 태워버렸네

군은 학살 행위를 은폐하기 위해
유족들의 시신 인도 요구를 묵살해오다가,
1957년 4월 6년만에야 현장에 접근하게 하였네
그러나 누구의 시신인지 구분할 수가 없어
머리 하나에 팔, 다리, 등뼈, 작은 뼈를
한 사람씩 맞추어 수습하고, 장례를 치러 '백조일손지
지百祖一孫之地'라고 비석을 세웠네

* 이승헌(제주시 이도동)의 증언

외도지서 김영철 주임

1948년 11월 9일(음력) 외도지서 김영철 주임과 순경들이 이호, 내도 대한청년단원들과 함께 학원동에 쳐들어 왔네

학원동 청년들에게 자수를 요구했으나
김호중이 외도지서에서 총살된 뒤 불안감을 느낀 청년들이 숨어 버렸기 때문이네

외도지서 순경들과 대동청년단원들은 우마차를 끌고 와서 쓸 만한 물건들을 싣고 가고, 마을 주민들을 비학동산에 모아 놓고 도피자 가족이라 하여 전부 총살시켜 버렸네

이 때 한 여자를 비학동산에 있던 팽나무 가지에 목을 매달고 죽인 후 임신 중인 여자의 배를 창으로 무수히 찔렀고, 85세 노인이나 아이들까지 처참하게 죽였네.

* 고창선(애월읍 하귀2리)의 증언

최 상사

"당시 친정집에는 군인 3~4명이 임시 주둔했는데 그 중에서 '최 상사'라는 놈이 동생을 죽였습니다. 동생은 참 예뻤지요. 그 놈들은 처음에 처녀들을 몇 명 집합시켰다가 동생이 제일 곱다고 생각했는지 덮쳤습니다. 그러나 맘대로 되지 않자 총을 쏜 겁니다. 동생은 배꼽 부근에 총을 맞아 창자가 다 나올 정도로 처참한 모습으로 숨졌습니다."*

1949년 3월 3일에는 한 군인이 처녀를 강간하려다가 반항하자 총살을 한 사건이 벌어져 가족과 주민들을 분노하게 했네 군인의 겁탈을 죽음으로 막은 희생자는 강매옥(姜梅玉, 19, 이명 강명옥)이었네 강매옥의 언니 강경옥 씨는 지금도 학살자의 성씨와 얼굴을 상세히 기억하고 있었네

* 강경옥(姜景玉)(여, 78세, 안덕면 감산리)의 증언

호근리 한 소위

1948년 12월 15일 서귀면 호근리에 공비 습격으로
집이 불타고 여러 명이 살상을 당했네
토벌대는 공비들을 토벌하다가
죽은 희생자 고별식을 하기로 해서
호근리 서치모루에 숨어 있던 20대 젊은 남녀를 잡아 왔네

토벌대는 격분한 나머지
젊은 남녀 두 명을 발가벗기고
철봉(서호 초등학교)에 묶어 놓았네
고별식이 끝난 후
무로 여자의 음부에 무차별로 삽입하는 등
참혹한 짓을 하다가,
공비 습격으로 죽은 유가족들에게
죽창으로 죽이도록 하여
젊은 남녀를 참살하게 하였네

* 오용길(서귀포시 호근동)의 증언

오학룡 부대

1948년 11월 5일 오후 2시경, 철도경찰 오학룡 경위의 부대는 안덕면 덕수리의 한 민가를 덮쳤네 송두길 씨의 결혼식 날이었는데,"집에 신부를 데려와 있을 때인데, 오학룡 경위 부대가 우리집을 포위해, 신랑인 나는 물론이고 신부까지 싹 쓸어갔다." 철도경찰은 주민들을 집결시킨 후 9명을 불러내 총살을 했네

1947년 4월 미군정 경무부장 조병옥의 지시로 제주에 파견된 철도경찰은 4·3발발 이후에도 제주도에 배치되어 제주 경찰력의 큰 비중을 차지하게 되었네 제주 경찰에 편입되어 근무하기도 했지만, 대부분 독자적으로 활동하는 경우가 많았네 정규 군경 체계를 무시한 채 독자적으로 학살극을 벌인 흔적이 곳곳에 나타나네 재판도 없이 함부로 총질해도 되는 무소불위의 권력을 누가 주었는지 이제는 진상을 규명해야 하지 않을까*

* 송영화(76세, 안덕면 덕수리)의 증언

4부
곱게 죽어주면

쌀 두 말

4·3이 무서운 것은 혐의를 밝히고, 시시비비를 가려 죄 있는 사람들을 끌고 가는 것이 아니라, 토벌대에게 밉보이면 죽이는 판이었네 김태수(金泰守, 당시 37세)는 서귀면 신효리의 유지였는데, 힘도 세고 결코 호락호락하게 당할 인물도 아니었네 그러나 1948년 11월 22일, 한 순경이 찾아와 "형님, 꿩사냥이나 하러 갑시다."며 그를 끌고 가 총살해 버렸네

이듬해 그의 아내, 박인화(당시, 38세)도 경찰에 끌려가 총살을 당했네 김태수의 딸 김정자 씨가 여섯 살에 겪었던 일을 다음과 같이 증언했네 "하루는 집 앞에서 놀고 있는데, 경찰 스리쿼터가 와서 어머니 이름을 불렀다. 어머니는 아무 말씀도 안 하시고, 옷을 갈아 입고 순경들을 따라 갔습니다. 나는 차에 매달리면서 하소연을 했지만, 경찰들은 계속 밀쳐 내고 밀쳐 냈어요. 어머니는 나에게 '큰아버지 집에 가 있어라. 나는 일본에 다녀오는 것이다'고 하셨어요. 그게 마지막이었습니다. 어머니는 당신에게 닥칠 일을 직감하신 것 같았습니다. 어머니가 돌아가신 후 주위에서는 '아이고, 불쌍한 것! 네 어머니는 그 때 쌀 두 말만 주지 않았어도 죽지는 않았을 텐데'라고 했습니다. 산 쪽의 요구를 거절할 수 없는 상황이었는데, 그것이 총살당할 만큼의 죄가 될 수 있습니까?"*

* 김정자(金正子)(56세 서귀포시 호근동)의 증언

이름을 빼앗기지 말라

1949년 2월 11일과 27일에는 서귀면 신효리 사람들(김홍언, 현학종, 강문중, 현채황, 정철우, 현학관, 김홍주, 현기호, 강창준) 9명이 총살을 당하였네 현기호의 형인 현기상 씨는 "무슨 명단이 들어가 억울하게 희생되었다."고 말했네 토벌대가 확보한 명단은 곧 살생부가 되었네

그러나 그 명단이 과연 근거가 있는 것인지는 의문이 아닐 수 없네 양경수 씨는 그 명단과 관련해 다음과 같이 증언하였네 "난 소개 내려온 후 이쪽저쪽에 시달리는데 지쳐서, 경찰에 지원하기로 하고, 서귀포 경찰서를 찾아갔어요. 그런데 도착하자마자 비명 소리가 귀를 찢었고, 갖가지 고문은 눈을 뜨고 볼 수가 없었어요. 여자들은 일단 홀랑 벗기고 고문을 시작했습니다. 그 당시 '이름 빼앗기지 말라'는 유행어가 있었습니다. 즉 끌려가는 사람이 있을 때, 그를 앞서거나 근처에 있어서 그의 기억 속에 자신의 이름을 남기지 말라는 뜻입니다. 매에는 장사가 없습니다. 가혹한 고문을 받게 되면 아무 이름이나 튀어나오는 법이니까요. 그러면 졸지에 폭도가 되는 겁니다."*

* 양경수(梁庚秀)(79세, 남원읍 신례1리)의 증언

목을 끊어 오다

서귀면 서홍리 주민들 중에는 1948년 12월 25일 벌어진 끔찍한 장면을 기억하는 사람들이 많네 이 날은 무장대 간부였던 송태삼宋泰三이 총살된 날이었네 변창호씨는 다음과 같이 증언했네 "그 날 토벌대는 산에서 작전을 끝내고 내려오면서, 송태삼 등 여러 명의 목을 끊어 왔습니다. 그 중엔 어린 아이도 있었습니다. 대부분 자루에 담았는데, 유명한 무장대원의 목은 자루 밖으로 노출시켰습니다.

주민들을 향사에 집결시켜 이를 보도록 했지요. 그런데 생포돼 끌려온 사람 중엔 우리 마을 허아무개가 있었습니다. 그는 참으로 순한 사람이었는데 산으로 도망쳤다가 잡힌 모양입니다. 토벌대는 그에게 송태삼의 목을 가슴에 안고 내려가도록 했습니다."*

* 변창호(邊昌浩)(서귀포시 서홍동)의 증언

인간으로 여기지 않아

1948년 11월 25일, 조천면 함덕리 '궤못'에 숨어 있던 현임선(45세), 한완섭(25세)은 토벌대에게 들켜 즉결 처형되었네

산으로 도피한 대부분의 주민들이 중산간 여기저기를 헤매다가 토벌대에게 잡혀 총살되었네 이미 군·경 주둔지로서 토벌대의 중심지가 된 함덕리에서 살아남는 길은 오직 토벌대가 시키는 대로 순종하는 것뿐이었네

그 동안 마을에 숨어 지내며 잘 버텨온 사람이나 재빨리 하산한 사람들은 민보단원으로 활동하며 목숨을 부지했네

그러나 이 즈음부터 함덕리민들은 못 볼 꼴을 많이 봤네 조천면 관내에서 잡혀온 수많은 사람들이 군 주둔지인 함덕국교에 수감됐다가 인근 서우봉 기슭이나 백사장에서 학살됐네

군인들은 제주도민들을 인간으로 여기지 않았네 양순호씨는 "군인들은 사람들을 학교로 끌고 오면 남녀 모두 옷을 홀랑 벗겨 강제로 서로 붙이는 등 희롱을 하다 데려가 죽였다. 또 맘에 드는 여자가 있으면 곧 야수로 변했다."고 증언했네 *

* 양순호(조천면 함덕리)의 증언

인간이 아니었다

1948년 11월 13일 새벽 2시께, 조천면 교래리를 포위한 토벌 군인들은 다짜고짜 집집마다 불을 붙이기 시작했네 불기운에 놀라 잠을 깬 주민들이 황급히 나오자, 군인들은 일제히 총을 쏘기 시작했네 드넓은 교래리 벌판에 총소리와 비명 소리만이 울려 퍼졌네 하늘과 땅이 온통 새빨갰네 총소리는 날이 밝을 때까지 이어졌네

1백여 가호가 모여 살아가던 마을이 하룻밤새 잿더미로 변했네 남아 있는 것이라곤 총 맞고 불에 타버린 처참한 시신들뿐이었네 이날 확인된 희생자는 약 26명이었는데, 이 중에 가족과 친척 14명을 한꺼번에 잃은 김인생 씨는 다음과 같이 증언했네 "그날 새벽 총소리가 요란하자 젊은이들은 황급히 피신했습니다. 그러나 난 그냥 집에 남았습니다. '설마 아녀자와 어린이까지 죽이겠느냐'는 생각을 했지요. 그런데 집에 불을 붙이는 군인들 태도가 심상치 않았어요. 무조건 살려달라고 빌었지요. 그 순간 총알이 내 옆구리를 뚫었습니다. 딸을 업은 채로 픽 쓰러지자, 아홉 살 난 아들이 '어머니!'하며 내게 달려 들었어요. 그러자 군인들은 아들을 향해 또 한 발을 쏘았습니다. '이 새끼는 아직 안 죽었네!'하며 아들을 쏘던 군인들의 목소리가 지금도 귓가에 쟁쟁합니다. 아들은 가슴을 정통으로 맞아 심장이 다 나왔어요. 그들은 인간이 아니었습니다. 그들이 나가버리자 우선 아들이 불에 탈까봐 마당으로 끌어낸 후 담요를 풀어 업었

던 딸을 살폈지요. 그때까지만 해도 울지 않았기 때문에 딸까지 총에 맞았으리곤 생각지 못했습니다. 그런데 등에서 아기를 내려보니 담요가 너덜너덜하고 딸의 왼쪽 무릎이 뻥 뚫려 있었습니다. 내 옆구리를 관통한 총알이 담요를 뚫고 딸의 왼쪽 다리까지 부숴놓은 겁니다. 두 번째 생일날 불구자가 된 딸이 이제 쉰한 살입니다." *

* 양복천(梁福天)(80세, 조천읍 대흘2리)의 증언

숨어라 숨어라 1

토벌대는 젊은이만 보면 무조건 총을 쏘았네.
형이 죽은 지 이틀 만에 김형만 씨도 도망치다가
어깨에 총상을 입었네.
다짜고짜 들이닥쳐 무차별로 총을 쏘는 데에
대처할 뾰족한 방법은 없었네.

필사적으로 숨었지만 잡히면 끝이었네.
대밭에 숨거나 벽장에 숨거나 아니면 마루 밑에
굴을 파기도 하였지만, 다른 가족들이 위험해서
숨어보지도 못하고 들녘에 굴을 팠네.
들녘 여기저기에 굴을 파고 서너 명씩 숨기도 하고
아주 멀리 도망치지 않으면 안 되었네.

* 김형만(金瀅萬)(75세, 조천읍 신촌리)의 증언

숨어라 숨어라 2

1948년 11월 13일 근처 마을 교래리가 불에 타자 조천면 와산리 주민들은 남녀노소 할 것 없이, 밤낮을 가리지 않고, 인근 굴이나 숲을 찾아 꼭꼭 숨었네 마을에 남은 사람들은 불타버린 집터에 움막을 지었네 낮에는 여기저기 흩어져 피신 생활을 했고, 밤에만 마을로 돌아와 서로의 생사를 확인했네 옷과 이불이 모두 불에 타버려 추위를 견디는 것이 힘들었지만, 아직 수확하지 못한 고구마와 숨겨둔 식량 덕분에 먹을 것 문제는 그런대로 해결되었네

그러나 낮에 마을을 급습한 토벌대에 걸리면 곧바로 총살이었네 11월 12일 토벌대는 운신하기조차 어려워 남아 있던 환자인 한기옥(韓己玉, 51세)을 현장에서 사살했네 그의 아들 한영길韓英吉 씨는 7살 어린 나이에 겪었던 아픈 기억을 다음과 같이 증언했네

"나는 10남매 중 막내인데, 형제들은 전염병에 모두 죽고 혼자 남았을 때입니다. 아버지가 토벌대에 돌아가신 후 마을 사람들은 모두가 숨었습니다. 어머니가 나를 데리고 피한 곳은 '새미오름' 아래 숲 속이었지요.

나는 무섭고 추워서 계속 울었습니다. 그러자 함께 있던 사람들이 어머니에게 '저 아이 때문에 발각되어, 모두가 죽게 될지 모르니 떠나라'고 강요했습니다. 어머니는 '남편과 자식을 모두 잃고, 저 놈 하나 남았는데 살려 달라'고 울면서 빌었습니다. 그리고 내 입을 틀어막았습니다."*

* 한영길(韓英吉)(56세, 제주시 2도2동)의 증언

개들이 날뛰다

　1948년 11월 13일 토벌대가 와흘2구(고평동과 수기동)를 덮쳤을 때 마을에는 주민들이 많이 남아 있었지만 젊은 남자들은 모두 피신해 있었네

　면양을 기르기 위해 수기동에 거주하고 있던 고성춘 씨는 다음과 같이 증언하였네

　"난 수기동 청년 20명과 함께 바늘오름 남쪽에 있는 '궤'에 숨어 지냈습니다. 사건이 나던 날, 오름 중턱에 올라 주변을 살피는데 오전 7시께 군인들이 교래리에서 와흘 2구로 들어가는 것이 훤히 보이더군요. 군인들이 집집마다 불을 붙이고 닥치는 대로 총을 쏘는 것도 보였습니다.

　저녁 때 마을로 와 보니 처참한 모습이었습니다. 여동생(고성순, 高性順)은 이마에 총을 맞아 즉사했고, 아내(현정돈, 玄貞敦)는 가슴에 총을 맞았는데, 아침에 먹은 음식이 밖으로 흘러나왔습니다. 그날 수기동에서만 16명이 희생되었습니다. 불에 탄 시신들은 배가 터져 창자가 다 나와, 개들이 그걸 보고 날뛰었습니다. 우린 개들을 쫓아내고 시신들을 가매장하였습니다."*

　이날 수기동에 들어와 방화하고 학살한 군인은 모두 4명이었네 23가구의 작은 마을이지만 '토벌'에 나선 군인치고는 너무나 적은 병력이었네 군인들은 이미 교래리 학살 때부터 마을 안에 어떤 사람이 남아 있는지 훤히 알고, 불가항력의 노약자들을 무차별 공격한 것이네

* 고성춘 씨(86세, 조천읍 신촌리)의 증언

곱게 죽어 주면

　1948년 12월 초순께 잿더미가 된 마을 터를 배회하던 와
흘리 주민들에게도 자수하면 살려준다는 권유가 전해졌네
군 주둔지인 함덕국교를 찾아간 자수자들은 보름 후에 제
주읍내 농업학교로 옮겨졌고, 12월 21일에 '박성내' 냇가
에서 총살되었네 이날 희생된 와흘리 주민들은 34명이네
박성내 학살터에서 살아 돌아온 유일한 생존자 김태준 씨
(72세)는 다음과 같이 증언하였네 "함덕국교에서 2주일쯤
지내다가 '토벌간다'며 이름을 불렀습니다. 200여 명의 자
수자 중에서 150명을 버스에 태웠습니다. 제주 농업학교
에 도착하자, 군인들은 갑자기 우리들 손을 뒤로 철사줄로
결박한 후, 다시 굴비 엮듯이 10명씩 묶어 스리쿼터에 태웠
습니다. 박성내에 다다르자 지휘관은 '여러분들이 곱게 죽
어주면 가족에게 알려 시신이라도 찾게 해주겠다'고 말했
습니다. 군인들은 총살에 앞서 우리들의 호주머니를 털어
돈과 귀중품을 챙겼습니다. 100여 미터 떨어진 냇가의 바
위 위까지 끌고 가 묶여 있던 10명 단위로 총을 쏘아 떨어
뜨렸습니다. 난 왼쪽 어깨와 오른쪽 팔을 맞았습니다. 그러
나 정신을 잃지 않고 있다가 다음 사람들이 끌려오는 불과
3~4분 사이에 철사를 끊고 바위틈에 숨었습니다. 군인들
은 곧 휘발유를 뿌려 사람들을 태웠습니다. 나는 새벽까지
숨어 있다가 현장을 벗어났습니다. 눈이 많이 내렸고, 무척
추웠는데 맨발엔 동상이 걸렸고, 너덜너덜해진 팔에선 피

가 계속 났어요. 아무것도 먹지 못한 채 '원당봉'을 등대 삼
아 밤시간만 이용해 5일만에 고향에 도착했습니다. 집에
도착하자마자 혼수상태에 빠졌습니다."*

* 김대준(金大準)(72세, 조천읍 신촌리)의 증언

피가 찌르르

　1948년 11월 애월면 장전리에서 하귀 개수동으로 어머니와 동생들하고 소개갔던 안인행 씨 (66세, 당시 14세)는 다음과 같이 증언했네 "하귀 개수동(개물)으로 소개갔을 때, 하루는 모두 비학 동산으로 모이라고 하고 이것을 꼭 보아야 한다고 했습니다. 먼저 한 부인을 끌어내더니 옷을 홀딱 벗겼습니다. 배가 많이 나온 임산부였습니다. 남편이 산에 오른 사람이라고 하더군요. 경찰관은 그 부인의 겨드랑이에 밧줄을 묶어 팽나무에 매달았습니다. 경찰관이 대검으로 그 부인의 숨통을 딱 찔러서 칼을 뽑자, 피가 찌르르 흘러내렸습니다.

　경찰관은 대검을 아래에 벗은 옷으로 쓰윽 닦았습니다. 나머지 두 명도 대검으로 죽였습니다. 하! 기가 막힌 일이라. 우리는 아버지가 토벌대에게 총살당했다는 이유로 끌려 나왔습니다. 동생 셋(11세, 7세, 1세)은 어머니 호소로 풀려났지만, 나는 '눈망울이 똘망똘망한 것이 폭도에게 연락함직한 놈'이라고 풀어 주지 않았습니다. 어머니가 저에게 '인행아, 어젯밤 꿈자리가 좋지 않더냐?' 하시길래 '나는 괜찮았다'고 말한 것이 마지막이었습니다.

　나머지 12명은 그 폭낭 아래 보리밭에 몰아넣어 일렬로 묶여 세웠습니다. 뒤에서 세 사람이 서로 '대검으로 할 것인지, 총으로 할 것인지 실랑이를 벌이다가 결국 총으로 쏘자'고 합의하는 것 같았습니다. 나는 대검보다는 차라리 총을 맞는 게 낫겠다고 생각하고 어느 총소리인지 긴장하고 있었습니다. 순간 총소리가 요란하게 나더니 어머니가 나를 덮치며 쓰러졌습니다. 어머니의 몸이 막 요동을 치더니 내몸도 피범벅이 되었습니다. 난 어머니 밑에 깔려서 무사했습니다. 경찰들은 다시 한 번 대검으로 찔렀는데 나는 대검하나 안 왔습니다. 잠시 후 찻소리가 붕하고 났습니다. 우리는 졸지에 고아가 되었는데 7살 동생은 홍역으로, 젖먹이 막내는 젖을 못 먹어 곧 죽고 말았습니다. 너무나 억울합니다. 아버지는 농사밖에 모르는 사람입니다."

아홉 군데 자국

1948년 12월 20일 구좌면 평대리에서는

토벌대에게 잡히면 죽는 세상이었네 토벌대는 이웃마을
인 평대리를 덮쳐 젊은이들을 닥치는 대로 잡아갔네 토벌
대는 수감자 백옥련(41) 정태옥(鄭太玉, 36) 김병옥(金炳
玉, 30) 등 9명을 속칭 '막모르'로 끌고 가 학살했네 희생자
김병옥의 아들 김남희 씨는 다음과 같이 증언했네 "아버지
는 일본에서 살다가 제주에 온 지 얼마 지나지 않았을 때 붙
들려 갔습니다. 난 당시 여섯 살이었지만 지금도 아버지 등
에 새겨진 무수한 맷자국을 생생히 기억합니다. 처음엔 아
버지가 일본서 가져온 쌍안경을 주고 풀려났어요. 그런데
얼마 후 다시 군인들이 와서 아버지를 잡아가 총살했습니
다. 비오는 날이었는데 철모 쓴 군인 2명이 와서 아버지를
끌고 갔습니다. 시신에는 아홉 군데나 대검으로 찌른 자국
이 있었고 손가락이 잘려 있었습니다."*

* 김남희(金南熙)(56. 구좌읍 평대리)의 증언

다랑쉬 굴

토벌작전을 했던 오지봉씨는 "굴의 입구는 양쪽에 있었는데 토벌대가 처음엔 입구에 수류탄을 던졌고 사람들이 나오지 않자,

'검불'로 불을 피운 후 구멍을 막아 질식사시켰다"고 증언했네 다른 굴로 피신하여 참변을 모면했던 채 모씨(67세, 구좌읍 종달리)는 "다랑쉬 굴은 그때까지도 연기로 가득했는데 시신들은 고통을 참지 못해 돌틈이나 바닥에 머리를 박은 채 죽어 있었고, 코와 귀로 피가 나와 있었다."면서 "여자들과 어린아이를 보니 가련한 생각에 흩어진 시신들을 나란히 누이고 나왔다."고 증언하였네 채 모씨는 또 '희생자들이 왜 그 굴속에 있었는가'라는 질문에 "종달리는 1947년 6.6사건의 여파 때문인지 4·3 사건이 나자 더욱 군경과 서북청년단의 주목을 받아 일부 젊은이들이 산으로 피신하게 됐다."고 밝히고, 굴 안에는 총기류는 없었고 희생자들이 무장대도 아니었다고 증언했네

* '다랑쉬 굴' 참상, 『제민일보』, 1992. 4. 4.

자운당

　　1948년 12월 28일 아침 7시 경, 토벌대는 애월로 소개간 납읍 사람들을 애월지서 앞으로 모이라고 했네 소위 '납읍 리 자위대원 명부'라는 문서를 보면서 30여 명의 이름을 부르네 돼지를 잡으려고 칼을 갈다가 붙잡힌 사람도 있었네 토벌대는 이들을 지엠시 트럭에 싣고 제주시 방면으로 달리다가, 신엄리 지경 자운당의 한 밭가에서 총살을 했네 시신은 신엄 주민들이 구덩이를 파고 흙을 덮어주었네 이 날 자운당에서는 납읍 사람만이 아니라, 하귀 사람들까지 70여 명이 희생되었네 납읍리- 강태운, 김창순, 현상효, 강태휴, 김전일(교사), 김창진, 김상수, 이기훈, 김용선, 조재환, 강두일, 김석종, 문재경, 양순병(교사) 고성리- 문상희, 강위생, 강우보, 김순, 문앵희, 문형배, 문유현, 고기현 등 상귀리- 강민아, 한상택, 이창성, 이중근, 김대규 등 하귀리- 26명 정도(하귀1리 19명)등이네

* 한라일보, 4·3 유적지를 찾아서, 2008년 11월

정방 폭포

1949년 1월 22일, 정방폭포 부근에서 벌어진 집단 총살에서 희생된 동광리 주민은 장정숙(여, 70세), 김경호(여, 68세) 등 23명이네.

이들의 희생 날짜와 장소는 살아남은 어린 아이들에 의해 알려졌으나, 유족들은 1년이 지난 후에야 현장에 갈 수 있었네. 시신들은 이미 썩어 구별할 수가 없었네. 정방폭포 부근에서의 총살극은 여러 차례 벌어졌기 때문에 엄청나게 쌓여 있는 시신들 중에서 자기 가족을 찾기란 불가능했네. 시신을 찾지 못한 채 비석만 세우는 사람도 있었고, 일부 유족은 '헛묘'를 만들기도 했네. 동광리 6거리에 어머니와 아내 등 가족과 친척 희생자 9명의 헛묘 7기를 조성(2기는 부부 합묘)한 임문숙 씨는 지난 가을에도 무덤에 벌초를 했네. "칠성판까지 마련해 현장에 갔지만, 뼈들이 엉켜 도저히 수습할 형편이 못 되었습니다. 그래서 심방을 불러다 헛묘를 만들어 벌초도 합니다. 섭섭해서 만들었지만 허망한 일이지요." *

* 임문숙(73세, 안덕면 동광리) 증언

심부름

"아무개 처녀는 순경이 자신과 결혼하면 살려 준다고 했지만 끝내 거절했다가 죽었습니다. 또 아무개 처녀는 '다라쿳' 목장 부근에서 토벌대에게 잡혀 산 채로 유방이 도려졌어요. 그녀는 고통을 못 이겨 땅바닥을 긁어대 손톱이 다 빠졌고, 죽은 부근에는 잔디가 남아있지 않았다고 합니다."

"난 쌀 1되와 돈 30원을 낸 적이 있어요. 그땐 산쪽이 무서워 안낼 수 없는 상황이었습니다. 주로 처녀들이 산에 심부름도 다니고 물자(쌀, 소금, 돈)를 거뒀습니다. 그런데 산에 쌀을 올린 사람들 명단이 드러났어요. 나는 1949년 1월께에 경찰서와 헌병대로 끌려 다녔습니다. 경찰서에서는 손을 뒤로 묶은 채 천장에 매달아 놓고 때리더군요. 헌병대로 옮겨진 후에는 전깃줄을 엄지손가락이나 뺨에 대는 전기 고문을 받았어요. 난 2주일 정도 수감됐다가 나왔지만 산에 심부름 다니던 젊은 처녀들은 희생이 컸습니다."*

* 이춘형(李春珩)(81세, 서울시 노원구)의 증언

강상유姜相幽

“상유 언니는 나보다 서너 살 위였지만 친구처럼 잘 어울려 다녔습니다. 얼굴이 아주 고운 분이었지요. 9연대 정보과장 탁성록 대위가 강제로 그녀를 범한 후 함께 살았는데, 어쩐 일인지 탁 대위가 그녀를 죽여 버렸어요.”

“사실 탁 대위뿐만 아니라 서청단장 김재능도 여자들을 많이 괴롭혔습니다. 김재능이 양모씨를 범했지만, 그녀는 죽을 위기에 놓인 남동생을 살리기 위해 감수할 수밖에 없었지요. 토벌대에게 누가 당했다더라는 소문이 퍼지면 우린 전전긍긍했습니다. 당시 멋쟁이 여성들도 많았지만, 무서워서 가급적 나들이도 삼갔고, 일부러 바보처럼 꾸미고 다닐 정도였습니다.” *

* 강소희(姜膝熙)(여, 78세, 제주시 도평동)의 증언

* 강상유의 오빠는 일본 와세다대를 나온 사회주자였는데, 강상유가 탁 대위의 정보를 빼내어 무장대 쪽에 전달하다가 처형된 것이 아닌가 하는 추정도 있음.

서호리 사촌누나

1948년 11월 18일 이후, 토벌대는 산중에서 붙잡은 사람들을 서귀포로 끌고 내려오다가 길목인 서호리에 들러 학살하기도 했네

문두현 씨는 마침 서호리에서 보았던 참혹했던 장면을 이렇게 증언했네

"우리가 서호리로 온 지 얼마 없어 서호지서가 신설됐고, 가끔 토벌 갔다 오던 군인들이 서호리에 들렀습니다. 하루는 영남리에서 붙잡은 사람들을 서호 국민학교로 끌고 왔다기에 가 보았지요. 그런데 그 중에 사촌누나(19세)가 있는 게 아닙니까. 군인들은 참으로 인간으로서 해선 안 될 일들을 저질렀습니다. 그들은 많은 사람들이 보는 앞에서 누나를 발가벗긴 채 하문에 무를 쑤셔 대다가 죽창으로 찔렀습니다. 나는 학교 담에 매달려 모두 보았습니다."＊

＊ 문두현(文斗鉉 63. 한경면 판포리)의 증언

5부
4·3은 살아 있다

북촌리 사람들

그런 시국이 또 한 번 온 댕 허민 못 살쥬. 죽지 않았으니 살았지, 차라리 그 때 동생들과 같이 죽는 것이 편안할 걸. 사는 것이 너무 힘들어서. 덜 설와사 눈물이 나쥬, 눈물도 안 나옵데다. 무서완 박박 터느라고 눈물 흘리는 사람도 없습데다.

1949년 1월 17일(음력 12월 19일) 새벽 마을 어귀 고갯길에서 무장대가 군인차량을 기습 공격하여 군인 2명을 사망하게 하는 사건이 발생했수다. 이에 대한 보복으로 군인들이 들이닥쳐 온 마을에 불을 지르고 주민들을 북촌 초등학교 운동장으로 강제로 모이게 한 뒤 집단학살을 하였수다.

군인들은 '산에 올라간 가족 나오라'고 해서 아니 나오니까, 그 자리에서 민보단 단장 장운관씨를 총살하여 밭으로 던져 버립데다.

그 다음에는 전라도에서 와서 사는 마을 하인 가족들을 총살하여 던져 버립데다. 주민들이 무서워 술렁거리니까 이번에는 운동장을 향해 있던 총대에 구멍이 숭숭 뚫린 기관총들[1]에서 총알이 팡팡 터집데다. 사람들은 무서워서 머리를 땅바닥에 박을 수밖에 없었수다.[2]

그 때 운동장에서 어떤 여자가 죽어 광목 치마에 피와 뇌, 골이 잔뜩 퍼지고 잔둥이가 나왔는데, 3살 난 아기가 죽은 엄마 젖을 찾아 이쪽 빨고 저쪽을 빠는 것을 보면서도 무서완 눈물도 안 나옵데다.[3]

20여 명의 군인들은 마을 사람들을 긴 대창으로 38선 가

르듯이, 남북으로 갈랐다가 동서로 갈랐다가 하면서, 성내에 가면 살 수 있다고 하면서, 30~40명씩 몰고 간 뒤 팡팡하는 소리가 들립데다. 한참 뒤에는 군인들만 철퍼덕 철퍼덕 돌아옵데다. 동쪽으로 몰고가서 팡팡, 서쪽으로 몰고가서 팡팡, 열 몇 차례인가 반복하다가 보니 운동장에 남은 사람들은 점점 줄어들고, 군인들 있는 쪽에서 멀리 떨어져 앉을려고 헙디다.

우리도 옴팡밭[4]에 끌려가 죽을 뻔했는데, 마침 서쪽에서 바람구덕차(짚차인 듯)가 달려 오더니 "사격 중지" "사격 중지"하여 겨우 살아났수게.[5]

북촌리는 300여 호에 1,000여 명이 거주하는 반농반어의 해안 마을인데, 이 날만 350여 명이 희생당하고 300여 채의 집이 불타버렸수다.[6]

당시 1차 학살터 당밭을 가보니 시체가 산을 이루고 있습데다. 시체를 보는 심정은 말을 할 수가 없어 마씀. 산 사람처럼 앉아서 죽은 사람들, 여기저기 널부러진 사람들, 마치 멸치를 갓 잡았을 때 여기 저기 펄떡거리다가 죽어 있는 모습입데다. 죽었으니 죽었다고 생각하지 나는 아버지 아버지하고 부르다가 가버려십주 마씀.[7]

모친이 죽은 당밭 현장에는 시신 200여 구가 있었는데, 피를 너무 많이 흘려서 밭 흙이 거무스름하게 되어십시다.

이 탄피를 주워 와서 지금도 간직하고 있수다. 이 총알을 맞아서 어머니가 돌아가셨구나. 눈물을 아니 흘릴 수가 없었수다.[8]

잊어야 하는데 자꾸 말을 하라니까 잊을 수가 없수다. 노랑 개(군인) 온다. 검은 개(경찰) 온다. 참 지긋지긋한 세상이었수다. 이제 즐겁게 지내다가 가얍주.[9]

제일 불쌍한 사람들은 자손없이 전멸한 사람들, 왜 북촌리 사람들이 모두 산사람도 아닌데, 무조건 소탕해서 죽이냐 이거우다. 명예를 회복시켜줘야 헙네다.[10]

한 장교가 '군에 들어온 후에도 적을 살상해보지 못한 군인들이 있으니까, 1개 부대에서 몇 명씩 끌고 나가 총살을 처리하는 게 좋겠다'고 제안해 그게 채택됐습니다.[11]

우리 애 아방은 뭇동배기(마을 밖)도 나간 적이 없는 사람이우다. 그런데 사상도 모른 채 죽었으니 지금도 억울하고 말을 하려 해도 목이 메입네. 사람들이 할 짓이 아니우다.

사실이 아닌 게 사실로 전해지는 것이 원통허우다. 1982년 『제주도』지에, 북촌리에서 479명이 희생되고 300여 채의 집이 불탄 것이 산에서 공비가 내려와 사람들을 죽이고 불질렀다는 것은 거짓말이우다. 군인 토벌대에 의해 희생된 것이 맞수다.[12]

아무 죄없이 죽었는데 군경에 의해 죽은 사람은 폭도다. 그러므로 총살자 가족은 자연히 빨간 줄이다. 그것이 억울허우다.

마을 사람들끼리도 한 동안 많이 싸웠수다. 이념적으로 책임자가 있었기 때문이다. 억울하게 죽은 사람들이 너무나 많수다. 그러나 국가가 책임이지, 국가도 잘해 보려고 한 일이고, 사상 가진 사람들도 잘해 보려고 하다가 생긴 일이 아니냐? 마을 사람들끼리 싸워봐야 어쩔 수가 없습데다. 70주년이 되니 사람들도 찾아오고 하니까 고맙수다. 이제 이런 말도 마음껏 할 수 있으니 기쁘우다. 좋은 세상이우다.(북촌리 노인회장)

　증언자들이 증언을 하는 것을 보면 감정을 자제하고 차분하게 말을 한다. 그만큼 오랜 세월 참아 오느라 상당히 객관화된 것 같다.[13]

1) M1919총을 흔히 30구경 LMG(Light Machine Gun·경기관총), 당시 발음으로는 '엘에무지'로 추정됨. 엘에무지 3대 정도 거치됨

2) 윤철정 (66세, 당시 14세)

3) 허송회 (58세, 당시 6세)

4) 현기영 소설 '순이삼촌' 배경

5), 10) 현덕선 (여, 73세, 당시 21세)

6) 김근식 (91세, 당시 39세)

7) 허원호 (87세, 당시 35세)

8) 김진국 (73세, 당시 21세)

9) 김석범 (77세, 당시 13세, 북촌리 유족회장)

11) '총살 연습': Now 제주 TV 102회, 4·3 현장을 찾아서

12) 윤공언 (67세, 당시 15세)

13) 현길언, 소설가

최후

"이덕구 손들고 나오라, 화의하자!"

고창률씨가 외치니까 잠자던 놈들이 화다닥 내달았네 뒤
따라오던 경관들이 칼빈 소총을 난사했으나 맞는 것 같지
가 않았네

그래도 쫓아가면서 보니까 한 5미터 저 쪽에

한 놈이 다리를 맞아 주저앉았고, 한 놈은 총에 맞아 널브
러져 있었네

확인해보니까 대장 이덕구인데 권총 탄알은

단 6발만이 남아 있었네

폭도 대장 이덕구는 관덕정觀德亭 앞

경찰서 입구에 윗옷 주머니에 숟가락을 꽂은 채 며칠 동
안 전시되었네

이 날의 토벌대 책임자 김영주 경사가

1계급 특진하여 화북 지서장을 지내고,

또 고 창률씨는 경관으로 채용되었네*

'제주의 마을'시리즈⑦ '봉개동', 「고창률씨의 생애 이야기」, P.155

그 얼굴

"제주 출신 재일동포 중에는 자신이 마치 4·3 사건 때, 대단한 일을 한 것처럼 이야기하는 사람들이 있는데, 나는 그런 말 하는 사람에게 반감을 갖습니다. 나는 그들에게 당신이 진정으로 투쟁을 했다면 제주도에서 죽었어야지, 어떻게 지금 살아 있는가? 불만 질러 놓고 떠난 것은 무책임한 것이 아닌가?"라고 반박합니다.

또한 바로 이러한 점 때문에 나는 무장대 사령관 이덕구 선생처럼 끝까지 제주도에 남아 있던 분들을 존경합니다. 내가 산에 올라보니 '이덕구 노래'가 있을 정도로 선생은 신망을 받고 있었습니다. 그 노래는 소련의 소년단 노래에 가사를 붙인 것입니다.

'머리에 쓴 것은 도리구치로구나. 손에다 권총 쥐고서 싸움을 나가네. 누구냐 그 이름 무섭다고 박박 얽은 그 얼굴이─ 이─ 이덕구! '*

* 김민주, (1994년 63세 일본) 당시 조천 중학교 학생

조몽구趙夢九

성읍리 남로당 간부였던 조몽구趙夢九는
무장투쟁에 반대했던 사람
그러나 부산으로 피신해 있을 때
그의 아내 한씨와 아들 딸인 조남철, 조남운, 조남련, 조
남근 등
온가족이 표선리로 끌려가 토벌대에 의해 총살되었네
열두 살에서 두 살에 이르는 어린 아이들이었네
조몽구의 아내는
"총살당할 것을 감지하고,
아이들에게 새옷을 입히고,
고깃국을 끓여 잘 먹인 다음 담담히 끌려갔다"고 하네

그런데 조몽구의 어린 아들은
"설령 아버지가 죄를 지었다고 해도
왜 우리가 총살되어야 하느냐?"고 따졌다고 하네
1951년 부산에서 조몽구가 체포되고
징역 8년형을 언도받았다고 하네

* 제민일보, 『4·3은 말한다.』 1998년

김정순 씨의 절규

4·3사변 물결치는 정보름달
그 날 밤에 떠나가신 어머니와 동생들의
영혼이시여, 혼이라도 불러 봅니다
목이 맺힌 동생들은 어데로 가셨나요
추억 속에 못 잊어 피눈물을 흘리면서 원통해
통곡합니다 원한을 못다 푼 불효의 이 자식은
땅을 치며 불러보는 애달픈 하소연
천추 만년 못 오실 어머니와 동생들
친족에 쓰러진 청년들과 동리 남녀노소 부녀
아동의 영혼에게 묵상으로 고개 숙여 그려봅니다
꿈에라도 오시려나 사모하는 애달픈 심정뿐이랍니다
생전에 못다 한 불효의 지은 죄를
두 손 모아 영전에 백배 합장 기도 올리는 바입니다
울어 봐도 소용없는 애달픈 심정은
천추 만년 못 오실 영혼을 생각할 때에
서러운 눈물은 애도진진 창해윤이라
서러운 눈물은 묵고 묵으니 푸른 바다가 불어났구나
이같은 원한은 흘러가는 세월 속에 묻혀서 추억으로 여울
지여 갑니다 악마 같은 그 세상 험악한 고해 바다
구곡간장 다 녹이는 애달픈 심정은
칠성단을 모아 놓고 축원 발원 하오나니
후세상에 환생길을 열어주시기 양손 모아

111

비나이다 비나이다 하늘님께 비나이다

* 김정순(제주시 외도동) 씨의 절규
* 1948.11.26. 외도동 공회당 앞에서 어머니와 동생들이 학살됨

먹돌 하나

당시 17살로 부모도 없이
어린 동생들과 살고 있었는데
새벽에 군인들에게 잡혀
외도 국민학교에 갇혔어요

이튿날이 되자 학교 뒤편에 있던
소나무밭 쪽으로 끌고 가더군요
도중에 군인 한 명이 하는 말이
'이제 먹돌(총알) 하나씩 주겠다'고
하는 게 아니겠습니까

주민들은 그때서야 총살장으로 가는
사실을 눈치채고 뿔뿔이 도망치기
시작했습니다 그러나 몇 발자국
뛰지 못하고 모두 총을 맞았습니다
도망가지 않은 사람들은 소나무밭에
세워놓고 총살했습니다

나도 소나무밭에서 총을 맞았는데
오른쪽 팔에 맞고 쓰러졌습니다
죽은 척하고 가만히 누웠더니
그냥 가더군요 어두워질 때까지

기다렸다가 집으로 돌아왔습니다
그때 고성리 사람 외에도 도평리
상귀리 사람 등 모두 48명 가량이 함께
죽었던 걸로 기억됩니다.*

* 김창욱(金昌旭)(67. 애월읍 상귀리)의 증언

살아남은 아기

토벌대는 아기를 업고 간 부녀자에게도 총질을 할 정도로 처참한 광경이었네. 1949년 2월 1일, 성산면 난산리에서는 현직심(여, 59세), 김문옥(58세), 정춘갑(여, 51세), 김묘생(여, 31세), 한형식의 처(여, 25세) 한형식의 딸(10세), 현정생(여, 23세), 고창송(여, 21세) 등을 성산포 터진목으로 끌고 가 학살했네.

2월 1일 희생된 현정생은 젖먹이를 업은 채 학살터에 끌려가 총살을 당했네. 그런데 빗발치는 총알도 그 아기만은 피해 갔네. 아기는 손목에 총알이 스치는 부상만 입은 채, 홀로 살아남아 추운 겨울 바다에서 울고 있었네. 아기는 성산포에 사는 한 할머니에 의해 극적으로 구조되었네. 당시 16개월 된 아기는, 현재 쉰 한 살의 장년으로 변해 있었네. 그는 "성산포 할머니가 날 젖동냥하며 키워 주셨는데 '하늘이 너를 살렸다'는 말씀을 하셨다"*고 말했네.

* 오인권(51, 제주시 용담2동)의 증언

볼레

빨갛게 익은 볼레낭 가지를 쥐고 훑으면 볼레 알맹이들이 한 움큼씩 손아귀에 쥐어졌네 허기진 뱃속에 볼레 알맹이들을 입속에 털어 넣으며 무조건 산쪽으로 도망쳤네 일단 잡히면 죽음이기 때문에 무작정 산쪽 숲 속으로 숨는 수밖에 없었네

1948년 11월 7일 오전, 남원면 의귀리 고기정씨(81세, 당시 11세) 집에도 군인들이 들이닥쳐 "빨갱이 새끼들 빨리 나오라"고 소리치며, 아버지와 할머니, 할아버지를 차례로 쏘았네 아무런 이유도 말해주지 않고 총을 쏜 군인들은 고씨 가족이 살던 초가집 3채에 불을 붙였네 고씨와 가족들은 부엌에 숨어 떨면서 이 광경을 지켜 보았네

이날 의귀리에서는 20여 가구를 제외한 300여 가구가 모조리 불에 타버렸네 시신들을 임시로 매장하고, 의귀·수망·한남리 주민들과 함께 한라산 쪽 10여㎞ 떨어진 마흐니 오름 서쪽 '조진내'로 피신했네 피신처에는 60~70여 가구가 모여, 저마다 얕은 돌담을 쌓고 어욱(억새)을 덮어 하루하루를 견뎠네

12월 20일께 피신처가 토벌대에 발각되고 총소리가 들리기 시작하자 주민들은 흩어졌네 어머니와 함께 지서로 끌려간 주민 30여 명은 대부분 표선 백사장에서 총살되었네

고씨네와 숙부네 가족은 피신처 인근의 궤(동굴)와 수풀 속에 숨어지냈네 한 곳에 오래 머무르지 못하고 토벌을 피

해 이동하는 나날이 반복됐네 수망리나 의귀리까지 내려가 구해온 썩은 고구마를 삶아 먹다가, 그것마저 떨어지면 굶었네 굶주림과 추위에 지친 이들에게 볼레(보리수 열매)는 최고의 양식이었네

고씨는 "씨까지 모두 먹어 똥을 싸면 벌겋게 나왔다. 볼레가 아니었으면 굶어 죽는 사람도 많았을 것이다. 볼레가 큰 양식이 됐다"고 말했네*

1949년 봄이 되자 귀순을 권고하는 삐라가 비행기에서 살포되었네 볼레도 없는 산에는 먹을 것이 없었네 '귀순자는 백기를 들라'는 삐라의 지시대로 고씨와 사촌 형은 하얀 헝겊 조각을 막대기에 걸어 산 아래로 내려왔네

* 고기정(81세, 당시 11세, 남원면 의귀리)의 증언

빗개 picket

1948년 9월 11일 토벌대가 아라리의 청년들을 잡아갔네
5월 15일 희생된 양경식의 동생 양경택(당시 18세)이 끌려
간 것도 이 즈음이었네

"소개령 전에도 토벌대는 거의 매일 왔습니다. 그러면 주
민들은 마을 어귀나 높은 동산에 보초인 이른바 '빗개picket'
를 세워 대비했습니다. 빗개가 세워져 있던 대나무를 눕히
면 토벌대가 온다는 뜻이지요. 그러면 모두들 도망쳤습니
다. 잡히면 심하게 구타를 당하든지 끌려가니까 집에 있든,
밭에서 일을 하든 대나무를 바라보는 것은 생사가 걸린 일
이었습니다. 우리 같은 어린 아이에게도 '아버지 , 형들 어
디 갔느냐'고 추궁하면서 무조건 심하게 때렸습니다."*

* 오기문(67세, 제주시 아라동)의 증언

말 태우기

"나는 그 모습을 보지 않으려고 고개를 돌렸는데 계속 보라고 소리치더군. 사실 그 때는 수치나 모욕을 느낄 겨를도 없었지. 집이 불타고 사람들을 팡팡 죽이니 이젠 세상 다 살아졌구나 하는 생각뿐이었어."*

경찰이 1948년 6월 어느 날 마을 사람들을 모아 놓고 입산자들의 소재를 추궁하다가 한 할아버지를 불러내 말이 되게 하고, 한 할머니를 그 위에 태워 마부 노릇을 하도록 강요하였네

"그 때 그 할으방은 60세 가량이었고 할망은 그보다 몇 살 위였지. 두 사람은 괸당(친척)이었어. 마치 할으방 말에 채찍질하라는 듯 마늘뿌리를 할망 손에 쥐어주더군. 할망이 머뭇거리자 또다시 윽박질렀어. 사람의 얼굴을 갖고 어떻게 그런 짓을 시킬 수 있나. 사람들이 고개를 돌리자 '똑똑히 보라'고 고래고래 소리를 질렀어. 그런 모욕을 당할 바에는 차라리 죽는 것이 낫다고 생각했어."

또 제주시 도두동에서도 경찰은 피신한 청년들의 소재를 추궁하다가 홍문봉의 아버지와 어머니, 그리고 부인을 나오도록 했네 경찰은 먼저 시아버지를 엎드리게 한 뒤 며느리를 그 등 위에 타도록 했네 역시 말타는 흉내를 내도록 강요했네 그런 다음에 시어머니를 다시 말을 만들고 며느리를 그 위에 타게 했네

결국 그 소식은 이호리 처갓집에 피신해 있던 홍문봉에

게도 전해졌네 홍문봉은 부모의 치욕스러운 일에 대한 울분을 이겨내지 못한 채 집으로 돌아왔네 홍문봉은 1948년 6월 11일 마을 사람들이 보는 가운데 경찰의 총에 맞아 처형되었네**

* 고난향(86세, 제주시 오라동)의 증언
** 홍문규(61세, 제주시 도두동 홍문봉의 동생)의 증언

봉화

1948년 10월 25일 밤 대정면 모슬봉과 가시오름, 한림면 금오름 등에서는 일제히 봉화가 올랐네

더구나 봉화는 9연대 제3대대가 주둔하고 있던 모슬봉에서도 올라 군을 더욱 자극시켰네 주역의 화산려火山旅괘 산위에 태양이 사라져 가는 형상이네

10월 25일 밤 마을을 포위한 군인들은 26일 새벽 날이 밝자 마자 집집마다 들이닥쳤네

토벌대는 대정면 신평리 하동에 거주하던 송공남(25)이 거리에서 보이자 그대로 총살했네

마을은 순식간에 아수라장이 됐네

"그전에도 군인들이 자주 토벌 왔어요. 그러면 주민들은 모두 도망쳤지요. 나는 당시 애기가 둘인 데다가 뱃속에도 아기가 있었습니다. 토벌대가 온다 하면 1살짜리는 '애기구덕'에 지고, 3살 짜리는 손을 잡고 도망쳤어요. 마을 위 '답답빌레'라는 숲으로 가든지 아니면 가시 오름 쪽으로 뛰었습니다. 아기가 자꾸 우는 바람에 주변에 숨어 있는 사람들이 '누굴 죽이려느냐'면서 핀잔을 줘 나는 그 아기들 데리고 이리저리 도망치며 살았어요. 그런데 10월 26일 사건은 토벌대가 전날 밤 미리 포위했다가 덮치는 바람에 도망갈 틈이 없었지요. 남편에게 아침상을 막 차려준 순간 토벌대가 온 걸 알았습니다. 남편이 급히 도망치자마자 토벌대가 집안에 들이닥쳤는데 밥상을 보고는 '폭도에게 해주

려던 밥이 아니냐'며 내 얼굴에 총구를 들이대는 게 아닙니까. 난 벌벌 떨면서 '남편은 밭에 갔다'며 겨우 위기를 모면했습니다.*

* 김중열(金仲烈)(72, 여, 대정면 신평리)의 증언

고성리 전투

애월면 고성리는 대몽對蒙항쟁의 거점이 되었던 유서 깊은 마을이네 고려 말 삼별초군과 여몽연합군 사이에 끼여 곤욕을 겪었던 것처럼 4·3이 발발하자 이번에는 무장대와 토벌대 틈바구니에서 큰 희생을 치렀네

'1948년 10월 28일 미명 북제주군 한림·외도 방면에서 행동을 개시하여 애월면 일대의 무장폭도 소위 애월涯月·대정大靜 양 지부원 약 백 명을 고성리 부근에서 완전히 포위하여 철저히 격멸하였다. 이는 현 제주도 사태를 획기적으로 전환시킬 큰 의의를 가졌으며 그 전과는 다음과 같다. ①애월지부장 급 대정지부장 등 9명 사살 ②무장폭도 31명 사살 ③포로 20명 ④무기 탄약 피복 기타 폭도용 1급 비밀서류 일체 압수. 또한 이 전투에서 국군측의 손해는 없으며 계속 작전 중에 있다.'*

'1948년 10월 30일 제주도 제9연대장 보고에 의하면, 제주읍을 노리고 준동중이던 무장폭도 수백 명이 고성 부근에서 밀회중임을 탐지하여 포위섬멸 작전을 전개하였다. 이 작전에서 폭도의 유기遺棄 시체 수십, 체포된 폭도수 2백여 명, 무기 문서 기타 물품 다수를 포획하는 성과를 거두었으며 동 작전으로 인하여 외도 신흥 애월 부근을 횡행하던 무장폭도는 완전히 거세 섬멸되었다.'**

* 《조선일보》, 1948. 11. 4.
** 《서울신문》, 1948. 11. 6.

소문

"그 해 늦가을부터 서북청년단원들이 대거 들어오면서 제주도는 초긴장 상태에 들어가게 됐습니다. 이승만 대통령이 건국에 장애가 된다면 제주도민들을 바꿀 수도 있다는 이야기를 했다는 겁니다. 사상적으로 문제가 있는 제주도민들을 격리시키고, 대신 이북에서 대거 월남한 사람들을 제주도에 내려 보내 제주도민으로 만든다는 겁니다.

정확한 출처는 알 수 없지만, 이런 풍문이 나돌 정도로 제주사회 분위기는 초긴장 상태였습니다. 당시 제주읍내에는 군·경찰·미군 등 몇 군데 조사기관이 있었는데, 이들 모든 기관에서 서북청년단을 정보요원, 혹은 전위대로 활용했습니다. 이렇게 된 데에는 당시 최고 권력자인 이승만 대통령이 서청에게 권한을 주고 사주했기 때문이라고 확신합니다."*

* 강순현(姜淳現)(81,제주시 용담2동,입명관대 법과출신, 당시 제주 제일중학교 교장 서리)의 증언

혐의

1948년 12월 말 강순현 씨는 학병 동기이며
9연대 부연대장인 서종철이 부대 교체를 앞두고
찾아왔네 '자네를 풀어줘야겠지만, 지금 나가면
위험하네. 대석방(처형)시킬 사람들은 다
처리했네.'라며 육지로 가 버렸네 이어 경찰서
경위가 '당신은 이름도 없고 근거도 없소.
내보내 봤자 서청이 주목하고 있으니 육지로
가시오'라면서 배에 태워져 목포형무소에
도착했네 "목포형무소에는 제주에서 끌려온
사람들로 가득 찼는데 주로 6개월이나 1년 형을
받은 사람들이었습니다. 그러나 나는 재판도
받지 않은 상태였고, 사흘 후 서대문형무소로
이감됐습니다. 1년 후인 1949년 가을경 교도관이
'육군본부에서 당신의 형량이 확정돼 나왔는데
무기징역이오'라고 말했습니다. 잘못도 없고
재판도 받지 않은 사람에게 무기징역이라니 기가
막힐 노릇이었지요. 1950년 6월 20일께 교도관은
아내가 면회 왔다며 소지품을 모두 갖고
나오라고 했습니다. 이상한 생각이 들었는데,
교도관은 '당신, 이제 형집행정지요'라며
풀어주었습니다. 6월 24일 밤 열차를 타고
목포에 내리니, 계엄령이 내려져 있었고

밤사이에 6·25가 발생한 겁니다. 하도 기가
막혀서 입명관 대학 동창인 김영길 제주지법
판사에게 '도대체 내가 무슨 혐의로 끌려갔는지
알아봐 달라'고 했습니다. 김영길은 '에이!
이제 와서 그런 걸 따져서 뭣하게'라고
하더군요."*

* 강순현(姜淳現)(81세 제주시 용담2동, 입명관대 법과 출신, 관재처
  불하과장 역임, 제주 제일중학교 교장 서리)의 증언
** 강순현은 무장대 총책 김달삼과 일본 성봉중학교 동기동창이었고,
   이덕구는 입명관대 후배였음

토끼몰이 사냥

"때로는 토끼몰이 사냥하듯, 북제주에서

몰이를 시작하면 남제주에서는 목을 지키고 있다가 도망쳐 오는 무리들을 검거하였다. 그러나 그다지 별다른 성과가 없었다.

한라산에는 무수한 천연 동굴들과 일본군이 대동아 전쟁 말기 최신형 장비로 구축해 놓은 굴들이 많았다. 놈들은 이러한 굴들 속에 깊숙이 숨어서 자취를 감추었기에 그저 걸리는 것은 이네들과 접선이 없는 맹목적으로 입산해서 방황하던 무리들뿐이었다.

우리들은 토벌 작전을 위해 매일 험악한 산을 헤매고 눈 쌓인 계곡들을 헤매야 했다." *

* 이윤(예비역 상사) 『진중 일기』, 2002, 여문각
— 여순사건 참전기, 제주4·3사건, 한국전쟁

근거

1948년 11월 21일부터 중문면 도순리 주민 15명이 서귀포로 끌려가 정방폭포 부근에서 총살됐네 산쪽에 협력하지 않는다는 것을 입증하기 위해 무장대원을 잡아 넘기기까지 했지만, 토벌대의 총살극은 그치지 않았네 누구도 내일의 삶을 장담하지 못했네 '아무개도 잡혀갔다더라'는 소문이 끊이지 않고 숨막히는 삶이었네 근거는 '무장대 지원 혐의자 명단'이었네 어느 마을이나 '백지날인'과 '왓샤시위', 도로차단과 전주절단 사건에 자발적이든 무장대의 강요이든 연루돼 있었네 특히 도순리에서는 1948년 10월 1일 무장대가 마을에 주둔한 응원경찰을 습격한 사건이 벌어져 토벌대의 주목을 받아 오던 터였네 그렇다고 토벌대가 정확한 근거를 갖고 있는 것은 아니었네 토벌대는 고문으로 허위 자백을 받거나 때론 함정을 파기도 했네 한 증언자는 "토벌대가 '자수하라'고 할 때 자수했던 사람들이 끌려가 죽었다."고 말했네 *

* 서인수(徐仁壽 83. 서귀포시 도순동)의 증언

4·3은 살아 있다

죽은 자는 말이 없다
하지만 살아 있는 유족은 말을 한다
4·3은 살아 있다
그러므로 피해자 유족들은
영혼을 대신하여 말을 한다

4·3은 제주의 살아 있는 말이며
영원히 지울 수 없는 기록이고
먼 훗날에 있을 제주인의 슬픈 이야기이다
말이 말 같지 않아도
거짓이 없는 말이면 들어야 되고
아니 들을 만 못한 말일지라도
살아 있는 말이면 들어야 한다
제주도와 제주인은 4·3을 말할 의무가 있다

죽은 자가 있고 죽인 자가 있지만
죽임의 가늠과 책임자가 없는 것이
4·3의 특징이라 볼 수 있겠다
그 수다한 죽음으로 무엇을 도왔으며
무엇을 남겼는지를 짚어보면 잡히는 것이 없다
자그마한 마을에도 이러한 현상인데
제주의 모든 마을을 모으면

엄청난 큰 부피의 피해일 것이다
그래서 아직도 역사는 진실을 기록하지
못하고 있으며 한라산은 말없이 지켜보고 있다
한숨과 눈물과 한의 기록일지라도 후세에 남기고
지금은 모두가 화합의 손을 맞잡을 때일 것이다

* 변창호(서귀포시 서홍동)
  『제주도 4·3 피해조사보고서』(2차 수정 보완판) 2000.

죽은 자의 영혼을 위로하는 최소한의 양심

― 강상윤 시집 『너무나 선한 눈빛』의 시 세계

권 온 문학평론가

죽은 자의 영혼을 위로하는 최소한의 양심
― 강상윤 시집『너무나 선한 눈빛』의 시 세계

권 온 문학평론가

1.

　강상윤의 이번 시집에 수록된 시들은 단순한 문학의 결과물이 아니다. 그것은 역사의 기록이고, 진실의 울림이다. 우리는 이 시집에 수록된 시편詩篇의 배후에서 사회, 사건, 외세, 비극, 증언 등의 어휘를 발견할 수 있을 것이다. 시인의 시집을 읽기 위해서는 우리나라의 파란만장한 근대사와 현대사의 흐름을 이해해야 한다. 우리는 이번 시집을 읽으며 '일제강점기'→'8·15 광복'→'한국전쟁'→'남북 분단 고착화' 등으로 이어지는 민족사의 결절結節들을 다시금 인식할 수 있는 긴요한 기회를 얻게 된다. 필자는 강상윤의 시집 중에서「아여떵어리 1」,「한 방 쏴 주세요」,「발작」,「소 한 마리 값」,「국물」,「탁성록」,「쌀 두 말」,「이름을 빼앗기지 말라」,「개들이 날뛰다」,「4·3은 살아 있다」등 10편의 시에 각별한 관심을 기울이면서 이 글을 진행할 것이다.

2.

시집의 서두에 위치한 '시인의 말'에서 강상윤은 "아직도 한나 아렌트의 악의 평범성이 넘쳐나는 제주도와 한국에서 최소한의 양심을 갖고 사는 일이 얼마나 힘든가."라고 언급하였다. 시인은 최소한의 양심의 산물로서 이번 시집을 상재했을 테다. 필자는 여기에서 '양심良心'이라는 단어에 주목하고 싶다. '양심'은 옳고 그름, 선과 악, 도덕 등과 연결되는 의식을 의미한다. 알베르 카뮈Albert Camus는 다음과 같이 언급한 바 있다. "양심의 가책 또는 죄책감은 고백할 필요가 있다. 예술작품은 고백이다.(A guilty conscience needs to confess. A work of art is a confession.)" 독자들은 이제부터 강상윤의 시를 읽으며 고백으로서의 예술작품과 만나게 된다. 그 고백은 양심의 가책 또는 죄책감으로서의 고백일 수 있다.

볼레 오름 근처에 숨어 있을 때는 기침도
제대로 못하고 말도 제대로 못하였네

어떤 여자는 애기 둘을 데리고 다녔는데
한 번은 순경들이 숯 굽는 굴, 숯가마 집 위에서
이야기를 하고 있었네

이제 애기가 울어 버리면 다 죽지 안 합니까
그래서 이불을 있는 대로 다 덮었더니 걸리지는 안 하고
무사히 살기는 살았는데

순경들이 가고 이불을 걷어 보니까는
애기들이 숨 막혀 죽었어요
아여떵어리 그럴 정도로
기침도 못하고 말도 제대로 못하였네
— 「아여떵어리 1」 전문

"아여떵어리"라는 이 시의 제목은 무엇을 뜻하는가? '아여떵어리'의 뜻을 알고 있는 독자는 드물 것이다. 시인의 주석에 의하면 이것은 '아, 어떻게 하리'라는 의미를 갖는다. 제주도 방언의 독특함을 새삼 경험하게 되는 순간이 아닐 수 없다. 그런데 강상윤이 이번 시에 '아여떵어리'라는 제목을 붙인 이유가 단순히 제주도 방언의 독특함을 환기하기 위한 것은 아닐 테다.

이 작품의 배경에는 '제주 4·3 사건'이 도사리고 있기 때문이다. 적지 않은 이들이 '4·3'에 대해서 한 번쯤은 어디선가 들어본 적이 있을 것이다. 그러나 역사적 사건으로서의 '4·3'에 대한 정보나 기록 중 많은 부분이 베일에 싸여있다. 아마도 그 이유는 '4·3'이 미군정기 또는 미군정 시대에 발생했기 때문일 수 있다. 세월의 흐름 속에서 1990년대 이후 드러나기 시작한 진실에 의하면 '4·3'은 한국 현대사에서 6·25 전쟁(한국전쟁) 다음으로 인명 피해가 극심했던 사건이다. 2만5000~3만 여명의 제주도 주민들이 희생당한 것으로 추정되는 사건을 끝까지 숨길 수는 없었을 테고, 강상윤은 이번 시집에서 이를 시적으로, 문학적으로, 예술적으로 형상화였다.

인용한 시 「아여뗑어리 1」에는 "어떤 여자"와 "애기 둘"이 등장한다. 그녀는 "순경들"에 쫓겨서 다른 사람들과 함께 "볼레 오름 근처에 숨어 있"었는데, "애기가 울어 버리면 다 죽"을 수 있는 위기 상황에서 "애기들" 위로 "이불을 있는 대로 다 덮"어 버렸다. 안타깝게도 "순경들이 가고 이불을 걷어 보니까는/ 애기들이 숨 막혀 죽었"고, 그녀는 "기침도 못하고 말도 제대로 못하"는 상태에서 "아여뗑어리"를 내뱉고 말았던 것이다. 우리는 감히 자신과 이웃의 목숨을 건지기 위해서, 애꿎은 자식의 목숨을 불가피하게 희생시킨 부모의 심정을 헤아릴 수 있을까? 76년 전에 제주에서 발생했던 '아, 어떻게 하리'라는 의미를 담은 그녀의 탄식이 오늘날에도 들리고 있는 것만 같다. 또한 우리는 여기에서 김종삼 시인의 시 「민간인民間人」의 어떤 대목을 생각한다. "울음을 터뜨린 한 영아嬰兒를 삼킨 곳."

"부장님 나 안 죽었어요. 나 좀 한 방 쏴 주세요." 당시
대전 형무소 교도관 이준영*씨는 대전 산내 골령골 민간인
학살 현장을 목격했던 사람으로 위와 같이 증언을 하였네
　총을 맞아 얼마나 고통스러웠으면 살려 달라고 하지 않
고, 총 한 방을 더 쏘아서 아예 죽여 달라고 할까
　(중략)
　―「한 방 쏴 주세요」 부분

도발적인 제목을 붙인 이 시의 제작 배경에는 "대전 형무소 교도관 이준영 씨"의 "증언"이 위치한다. 이준영 씨는 "대전 산내 골령골 민간인 학살 현장을 목격했던 사람"이다.

강상윤의 시집은 원칙적으로 '제주 4·3 사건'을 중심에 두고 기획되었으나, '4·3'과 연결된 중요한 사건들도 적지 않다. 이 시에 언급된 '대전 산내 골령골 학살 사건' 역시 여기에 해당한다. 시인에 의하면 1950년 한국전쟁 발발 직후에 대전 형무소에 수감되어 있던 "보도연맹 관련자와 제주4·3관련자, 여수·순천 사건 관련자 등 1,800여 명에서 7,000여 명"은 "합법적인 절차 없이 무차별 학살"되었다. 곧 '제주 4·3 사건', '여수·순천 사건', '국민보도연맹 학살 사건', '대전 산내 골령골 학살 사건' 등은 1945년 광복과 1950년 한국전쟁 사이에 전개된 역사의 소용돌이를 보여준다.

강상윤의 이 시는 총에 맞아 죽어가던 인물의 긴박한 음성을 담아냄으로써 독자들을 역사의 현장으로 끌어당긴다. 총에 맞은 그 인물은 이미 삶의 희망을 포기하고 오히려 죽음을 재촉하는 요청을 하고 있다. "나 안 죽었어요. 나 좀 한 방 쏴 주세요." 고통의 극단에 이른 자가 내뱉는 언어의 절실함 앞에서 우리의 마음은 숙연해질 수밖에 없다. 74년의 세월이 흘렀음에도 여전히 고통은 현재 진행 중이다.

> 아버지는 술을 한 잔 하거나 하면
> 소나무밭을 가리키면서 저기 군인들이
> 총을 메고 나를 죽이러 온다
> 아버지는 돌멩이를 줍고
> 어머니와 내가 안 주우면
> 저 군인들이 날 죽인다
> 죽기 전에 우리가 먼저 저 군인을
> 죽여야 한다 어떻게 합니까

아버지 술 마신 기분을 맞추어 드려야지

그러나 아버지가 탁 잡는 건 어머닌데
어머니를 군인으로 알고
얼마나 두드려 패는지 모릅니다
그러면 어머니는 소리를 막 지르고,
한참 후에 아버지가 눈을 떠서 두리번거리며
군인이 어디 갔느냐고 묻습니다
이런 일이 한두 번 있는 게 아닙니다

밤에 집에 들어오다 깜깜한 곳에만 가면
그게 다 군인입니다 저 소나무도 군인,
전봇대도 군인, 집안에 있는 가구도 다 군인입니다
어릴 때는 잘 몰랐는데 그러다가 나이가 들어
그 이유를 알았는데,
그때 아버지를 잘 치료받게 해드렸어야 했는데
지금 생각하면 너무나 안타깝습니다
아버지는 그때 원동 마을에서 할아버지 할머니
고모 두 분을 한꺼번에 잃으시고
아버지도 여러 군데 총을 맞았지만
간신히 살아나셨습니다
—「발작」 전문

이 시를 이끄는 인물에는 "아버지"와 "어머니"와 시적 화자 '나' 등이 있다. 작품에 등장하는 '아버지'는 "양창석 씨"이다. 그는 1948년 '제주 4·3 사건'의 무대 중 하나였던 '원동 마을'에 거주했다. 이 시는 '양창석 씨'의 '딸'인 '나'가 관찰한 이상한 '아버지'를 묘사한다. 어린 소녀로서의 '나'가 기억하는 '아버지'는 "술을 한 잔 하거나 하면", 온갖 사물에서 "군인(들)"을 찾아냈다. 곧 '아버지'는 주위의 다양한 대상들을 적대적인 '군인(들)'로 이해하고 그들에게 대응했다. '아버지'는 "총을" 멘 "군인들"이 자신을 "죽이러 온다"고 생각해서 "돌멩이를" 줍고 아내와 딸에게 "우리가 먼저 저 군인을/ 죽여야 한다."라고 주장했다.

놀라운 점은 '아버지'가 '군인(들)'로 이해한 것들이 사실 "소나무(밭)", "전봇대", "집안에 있는 가구" 등이었다는 사실이다. 도대체 왜 '아버지'는 '술'을 먹거나 "깜깜한 곳에만 가면" 주변의 다양한 대상들을 '군인(들)'로 오해한 것일까? '아버지'는 어떤 이유에서 "어머니를 군인으로 알고", "두드려 패"게 된 것일까? '아버지'의 이와 같은 이상한 행동은 이 시의 제목이기도 한 일종의 "발작"일 수 있다. 그것의 근원에는 '아버지'의 어떤 두려움, 공포, 트라우마trauma 등이 내재하고 있을 테다. 딸의 증언에 의하면 '아버지'는 "그 때", "여러 군데 총을 맞았지만/ 간신히 살아나셨습니다" 여기에서 언급하는 '그 때'는 1948년을 가리킬 것이다. "아버지는 그 때 원동 마을에서 할아버지 할머니/ 고모 두 분을 한꺼번에 잃으"셨다. '제주 4·3 사건'은 이렇게 한 사람의 인생에 지울 수 없는 상처를 남겼던 것이다.

1949년 1월로 접어들자 구좌면 세화지서에서는
금품을 갈취하느라 소개민들을 많이 죽였습니다
일단 잡아 놓고 죽이다 보면 뭐가 나오거든요

우리 마을 송당리 출신 우익 청년단장이

거간꾼 노릇을 했는데

소 한 마리 값을 바치면 풀어 준다고 했습니다

송당리 일등 부자인 김성사(金聖仕, 당시 30세)는

금품 요구를 거절했다가 죽었습니다

우리 형(채권병 蔡權柄, 당시 36세)이 끌려간 후에도

청년단장으로부터 흥정이 들어왔어요

아버지는 부랴부랴 소 한 마리값을 마련했습니다

그런데 풀어 주기로 한 날인 1949년 1월 31일에

마침 월정리 주둔 군인들이 지나가다가

감금돼 있던 형을 죽였습니다

— 「소 한 마리 값」 전문

'제주 4·3 사건'은 7년 7개월 동안 진행된 일련의 사건들을 가리킨다. 곧 2000년 1월에 제정된 '제주4·3사건 진상규명 및 희생자 명예회복에 관한 특별법(제2조)'에 따르면 '제주 4·3 사건'은 "1947년 3월 1일을 기점으로 1948년 4월 3일 발생한 소요사태 및 1954년 9월 21일까지 제주도에서 발생한 무력충돌과 그 진압과정에서 주민들이 희생당한 사건"으로 규정된다. 이를 통해서 우리는 '4·3'이 단순히 1948년 4월 3일이라는 특정 시점의 문제가 아님을 알게 된다. '4·3'은 1947년 3월 1일부터 1954년 9월 21일 사이에 넓게 분포하며 움직이는 대상인 것이다.

강상윤의 이 시는 1949년 1월의 어느 날을 포착함으로써 '제주 4·3 사건'의 지속성을 제시한다. 독자들이 이 시를 읽으며 놀라게 되는 이유는 '4·3'에서 제주도 주민들이 희생되

는 과정의 불합리성과 무관하지 않다. 곧 "구좌면 세화지서
에서는/ 금품을 갈취하느라 소개민들을 많이 죽였습니다/
일단 잡아 놓고 죽이다 보면 뭐가 나오거든요"라는 "채희주"
의 증언에는 당시 희생된 제주도 주민들의 억울함이 고스
란히 반영되어 있다. 우리는 "소 한 마리 값을 바치면 풀어
준다"라는 "우익 청년단장"의 "거간꾼 노릇" 또는 "흥정"을
어떻게 이해해야 할까? 우리는 "아버지"가 "소 한 마리 값
을 마련했"으나 결국 "지나가"던 "군인들"에게 죽임을 당한
"우리 형"의 운명을 위로할 수 있을까? 어쩌면 '제주 4·3 사
건'이라는 비극은 '좌익左翼'과 '우익右翼'의 문제가 아닐 지도
모르겠다. 그것은 어쩌면 '소 한 마리 값'을 위한 '흥정'의 무
대일 수 있기 때문이다.

> 당시 서북청년단은 월정리 주민들을
> 모아 놓고 서로 뺨 때리기를 시키기도 했어요
> 심지어 할아버지와 손자간에도 강요했지요
> 세게 때리지 않으면 그놈들이 달려 들어
> 죽도록 때렸습니다
> 인륜을 저버린 행위입니다 왜 그러냐면,
> 그래야 뭔가 국물이 나오거든요
> 이장이나 민보단장이 돈을 모아 가든지
> 소를 끌고 가든지 해야 그 짓이 끝났습니다
> ─「국물」전문

이 시는 위에서 살핀 「소 한 마리 값」과 같은 계열로 이해
할 수 있는 작품이다. 이 시에 등장하는 "월정리 주민들을/

모아 놓고 서로 **뺨** 때리기를 시"킨 "서북청년단"은 「소 한 마리 값」에 나오는 "우익 청년단장"과 같은 역할을 담당한다. '우익 청년단장'이 "소 한 마리 값"을 흥정했듯이 '서북청년단'은 제주도 주민들에게서 "국물"을 요구한다. '서북청년단'은 "돈"이나 "소" 등으로 구체화되는 '국물'을 얻기 위해서 "인륜을 저버린 행위"를 서슴지 않았다. 곧 "할아버지와 손자 간에도", "서로 **뺨** 때리기를", "강요했"던 것이다.

'서북청년회' 또는 '서북청년단'은 1946년 서울에서 결성된 극우 반공단체 또는 우익청년단이다. 식민지 시대의 경제적이거나 정치적인 기득권을 잃고 남하한 지주 집안 출신의 청년들이 주축이 돼 결성된 '서북청년단'은 월남 청년들이 좌익공격에 적극적으로 가담하는 한편 능률적인 체제를 갖추기 위해 설립한 청년 단체였다. 그들은 경찰의 좌익 색출 업무를 돕는 등 좌우익의 충돌이 있을 때마다 우익 진영의 선봉을 담당하였고 '제주 4·3 사건'에도 투입되었던 것이다. 그러나 강상윤의 이 시에 제시되는 서북청년단의 실상은 '좌'와 '우'라는 이념의 허망함을 여실히 보여준다.

(중략)

"서북청년단 이 놈들이 고얀 놈들이다. 처녀를 겁탈하고, 닭도 잡아먹고 빨갱이로 몰기도 하고, 이 놈들이 사건을 악화시켰다. 그래서 도망갈 길 없는 주민들이 더 산으로 오른 것이다."
탁성록은 원래 작곡가이고 나팔수인데 진주 논개의 노래를 작사 작곡할 정도였네

그러나 진주 CIC대장을 할 때도 민간인들을 많이 죽였네
　　얼마나 마약 주사를 많이 맞았는지 주사 바늘이 들어갈 곳
　이 없었다고 하네
　　영화 '지슬'의 마약쟁이 군인이 바로 탁성록 대위를 모델
　로 한 것이네
　　　— 「탁성록」 부분

　강상윤이 이 시에서 주목하는 인물은 "탁성록 대위"다.
"윤태준"의 "증언"에 의하면 "9연대 정보참모"였던 "탁 대
위에게 잡혀가면 민간인이고, 군인이고 다 죽었다." '탁성
록'은 "처녀를 겁탈하고, 닭도 잡아먹고, 빨갱이로 몰"았으
며, "도망갈 길 없는 주민들이 더 산으로 오"르도록 유도한
인물이다. 또한 그는 "진주 CIC"와 관련하여 진주 보도연
맹 학살을 주도하면서 "민간인들을 많이 죽였"다고 알려져
있다. 아무렇지도 않게 사람들을 죽이는 '탁성록'의 잔인성
은 '아편' 또는 '마약'에서 기인한 것인지도 모르겠다. "얼마
나 마약 주사를 많이 맞았는지 주사 바늘이 들어갈 곳이 없
었"을 만큼 '탁성록'은 심각한 "마약쟁이 군인"이었기 때문
이다.
　탁성록과 관련된 특이 사항으로는 그가 "원래 작곡가이
고 나팔수"였으며 "진주 논개의 노래를 작사 작곡할 정도
였"다는 것이다. 필자는 이 대목에서 아돌프 히틀러Adolf
Hitler를 떠올리게 된다. 제2차 세계대전을 일으킨 히틀러
는 그림과 미술에 대한 관심이 컸으며 화가로서의 삶을 꿈
꾸기도 했다. 히틀러와 그림, 미술의 관련성은 탁성록의 노
래, 음악과의 관련성에 대응될 수 있다. '탁성록'이라는 특

정한 개인의 내면에서 진행된 예술과 전쟁의 연결은 차후의 흥미로운 연구 과제로 남겨두기로 한다.

　4·3이 무서운 것은 혐의를 밝히고, 시시비비를 가려 죄 있는 사람들을 끌고 가는 것이 아니라, 토벌대에게 밉보이면 죽이는 판이었네 김태수(金泰守, 당시 37세)는 서귀면 신효리의 유지였는데, 힘도 세고 결코 호락호락하게 당할 인물도 아니었네 그러나 1948년 11월 22일, 한 순경이 찾아와 "형님, 꿩사냥이나 하러 갑시다."며 그를 끌고 가 총살해 버렸네

　이듬해 그의 아내, 박인화(당시, 38세)도 경찰에 끌려가 총살을 당했네 김태수의 딸 김정자 씨가 여섯 살에 겪었던 일을 다음과 같이 증언했네 "하루는 집 앞에서 놀고 있는데, 경찰 스리쿼터가 와서 어머니 이름을 불렀다. 어머니는 아무 말씀도 안 하시고, 옷을 갈아 입고 순경들을 따라갔습니다. 나는 차에 매달리면서 하소연을 했지만, 경찰들은 계속 밀쳐 내고 밀쳐 냈어요. 어머니는 나에게 '큰아버지 집에 가 있어라. 나는 일본에 다녀오는 것이다'고 하셨어요. 그게 마지막이었습니다. 어머니는 당신에게 닥칠 일을 직감하신 것 같았습니다. 어머니가 돌아가신 후 주위에서는 '아이고, 불쌍한 것! 네 어머니는 그 때 쌀 두 말만 주지 않았어도 죽지는 않았을 텐데'라고 했습니다. 산 쪽의 요구를 거절할 수 없는 상황이었는데, 그것이 총살당할 만큼의 죄가 될 수 있습니까?"

　─「쌀 두 말」 전문

이번 시는 '제주 4·3 사건'의 핵심 시기인 '초토화 작전 시기' 또는 '강경진압 시기'를 다룬다. 1948년 10월부터 1949년 3월 사이의 기간에 다수의 제주도 주민들은 '토벌대'와 '무장대' 사이에 끼어서 희생되었다. 이 시에서 다루고 있는 인물인 "김태수"는 당시 "서귀면 신효리의 유지"였고 "박인화"는 '김태수의 아내'였다. '김태수'와 '박인화'는 '초토화 작전 시기'에 "경찰" 또는 "순경"에 "끌려가 총살을 당"하고 말았다. 이들 부부가 총살당하게 된 이유는 그들이 '딜레마dilemma'에 빠졌기 때문이다. '김태수'와 '박인화'는 '4·3' 당시 제주도를 먼저 장악했던 "산 쪽" 곧 '무장대'의 요구에 따라서 "쌀 두 말"을 제공하였는데, 이것이 결국 나중에 '진압군' 또는 '토벌대'에 의한 총살이라는 결과로 연결되었기 때문이다.

만약 '김태수'와 '박인화'가 "산 쪽"에 '쌀 두 말'을 제공하지 않았다면 그들 부부는 '무장대'에게 희생되었을 수 있다. 당시 제주도 주민들은 '좌'와 '우' 사이에서 이념의 선택을 강요당했다. 그러나 대부분의 민간인들은 '좌'도 잘 모르고 '우'도 잘 모르는 대한민국 국민이었을 뿐이다. 그들은 결코 "총살당할 만큼의 죄"를 짓지 않았다. 그들은 "죄 있는 사람들"이 아닌 것이다. 그런 점에서 '제주 4·3 사건'의 실상에 관한 강상윤의 다음과 같은 판단은 주목된다. "4·3이 무서운 것은 혐의를 밝히고, 시시비비를 가려 죄 있는 사람들을 끌고 가는 것이 아니라, 토벌대에게 밉보이면 죽이는 판이었네"

그러나 그 명단이 과연 근거가 있는 것인지는 의문이 아닐 수 없네 양경수 씨는 그 명단과 관련해 다음과 같이 증언하였네 "난 소개 내려온 후 이쪽저쪽에 시달리는데 지쳐서, 경찰에 지원하기로 하고, 서귀포 경찰서를 찾아갔어요. 그런데 도착하자마자 비명 소리가 귀를 찢었고, 갖가지 고문은 눈을 뜨고 볼 수가 없었어요. 여자들은 일단 홀랑 벗기고 고문을 시작했습니다. 그 당시 '이름 빼앗기지 말라'는 유행어가 있었습니다. 즉 끌려가는 사람이 있을 때, 그를 앞서거나 근처에 있어서 그의 기억 속에 자신의 이름을 남기지 말라는 뜻입니다. 매에는 장사가 없습니다. 가혹한 고문을 받게 되면 아무 이름이나 튀어나오는 법이니까요. 그러면 졸지에 폭도가 되는 겁니다."

— 「이름을 빼앗기지 말라」 부분

"현기상 씨"에 따르면 그의 동생 "현기호"는 "토벌대가 확보한 명단"에 이름이 올라가서 "억울하게 희생되었다." '제주 4·3 사건'의 '초토화 작전 시기'를 배경으로 전개되는 이 시에서 "서귀면 신효리 사람들"은 "총살을 당하였"는데, 그들은 모두 어떤 명단에 있는 이들이었다. 그 명단은 토벌대에 "끌려가는 사람"이 "매"를 맞거나 "가혹한 고문을 받"다가 "아무 이름이나" 언급한 결과물이다. 누군가의 "이름"이 "고문"을 당하는 사람의 "기억 속에" 남아있다면 그 누군가는 '무장대'가 되거나 "졸지에 폭도가 되는" 것이다.

토벌대가 확보한 명단은 이른바 삶과 죽음을 나누는 기준으로서의 "살생부"가 되었다. 그러나 강상윤에 의하면 '살생부' 또는 "그 명단이 과연 근거가 있는 것인지는 의문이 아닐 수 없"다. '고문'에 시달리는 사람의 입에서 나온 이

름을 신뢰할 수 있을까? '매'를 맞는 사람이 당장의 괴로움
을 회피하기 위해서 머릿속에 떠오른 아무런 이름이나 언
급했다면 어떻게 될까? 그러므로 우리는 '4·3' 당시 총살당
한 민간인들 중 상당수가 "이름을 빼앗"긴 억울한 희생자들
이었음을 짐작하게 된다.

　　"난 수기동 청년 20명과 함께 바늘오름 남쪽에 있는 '궤'
　에 숨어 지냈습니다. 사건이 나던 날, 오름 중턱에 올라 주
　변을 살피는데 오전 7시께 군인들이 교래리에서 와흘 2구
　로 들어가는 것이 훤히 보이더군요. 군인들이 집집마다 불
　을 붙이고 닥치는 대로 총을 쏘는 것도 보였습니다.
　　저녁 때 마을로 와 보니 처참한 모습이었습니다. 여동생
　(고성순, 高性順)은 이마에 총을 맞아 즉사했고, 아내(현정
　돈, 玄貞敦)는 가슴에 총을 맞았는데, 아침에 먹은 음식이
　밖으로 흘러나왔습니다. 그날 수기동에서만 16명이 희생되
　었습니다. 불에 탄 시신들은 배가 터져 창자가 다 나와, 개
　들이 그걸 보고 날뛰었습니다. 우린 개들을 쫓아내고 시신
　들을 가매장하였습니다."
　　─「개들이 날뛰다」부분

　"고성춘 씨"의 증언에서 출발하는 이 시는 '제주 4·3 사건'
의 비극을 적나라하게 묘사한다. 그는 다행스럽게도 당시
"젊은 남자들" 또는 "청년 20명"의 일원으로서 "토벌대가
와흘 2구"의 "마을"에 도착하기 전에 "숨어 지"내거나 "피
신"할 수 있었다. 젊은 남자들을 제외한 주민들은 마을에 그
대로 남아 있었고, "군인들" 또는 '토벌대'는 "오전 7시" 무

렵 마을에 들어서자 "집집마다 불을 붙이고 닥치는 대로 총
을 쏘"았다.

'고성춘 씨'가 "저녁 때 마을로 와 보니 처참한 모습이" 펼
쳐져 있었다. '여동생'은 "이마에 총을 맞아 즉사했고", '아
내'는 "가슴에 총을 맞았는데, 아침에 먹은 음식이 밖으로
흘러나왔"으며, "불에 탄 시신들은 배가 터져 창자가 다 나"
왔다. 그리고 시신들을 "보고 날뛰"는 "개들"이 있었다. 아
마도 그 현장은 시각, 청각, 후각 등 거의 모든 감각을 강렬
하게 활성화하는 장소였을 테다. 젊은 남자들을 제외한 여
자, 노인, 아이 등 "불가항력의 노약자들"을 향한 토벌대의
"무차별 공격" 앞에서 독자들의 마음은 가늠하기 힘든 슬픔
으로 차오른다. '4·3' 당시 "방화하고 학살한 군인"에 대한
단죄는 언제쯤 이루어질 수 있을까?

죽은 자는 말이 없다
하지만 살아 있는 유족은 말을 한다
4·3은 살아 있다
그러므로 피해자 유족들은
영혼을 대신하여 말을 한다

(중략)

제주의 모든 마을을 모으면
엄청난 큰 부피의 피해일 것이다
그래서 아직도 역사는 진실을 기록하지
못하고 있으며 한라산은 말없이 지켜보고 있다

한숨과 눈물과 한의 기록일지라도 후세에 남기고
지금은 모두가 화합의 손을 맞잡을 때일 것이다
　　　　　　　　　―「4·3은 살아 있다」 부분

　강상윤의 이번 시집은 '제주 4·3 사건'의 본질을 탐구하
려는 치열한 노력의 흔적이다. 이 시는 시인이 고민하고 탐
색한 핵심 대상으로서의 '4·3'을 향한 넓고 깊은 제안이다.
그에 의하면 '4·3'은 "제주의 살아 있는 말이며/ 영원히 지
울 수 없는 기록이고/ 먼 훗날에 있을 제주인의 슬픈 이야
기이다"
　강상윤에 따르면 "죽은 자가 있고 죽인 자가 있지만/ 죽
임의 가늠과 책임자가 없는 것이/ 4·3의 특징이"다. "그 수
다한 죽음", 그 무수한 죽음은 왜 발생했고 그것의 의미는
무엇인가? 누구도 속 시원히 대답할 수 없는 게 현실일 수
있다. 시인에 의하면 "죽은 자는 말이 없"지만 "살아 있는
유족은 말을 한다" "엄청난 큰 부피의 피해"를 남긴 "4·3은
살아 있다" '4·3'을 생각하고 기억하며 그 흔적을 찾아보는
일은 어쩌면 "한숨과 눈물과 한의 기록일" 수 있다. 그럼에
도 불구하고 우리는 강상윤의 시를 읽으며 "진실"과 "화합"
의 계기로서의 "역사"를 다시 써야 할 것이다.

　3.

　강상윤의 시집을 함께 점검하였다. 시인이 이번 시집에
서 집중한 테마는 '제주 4·3 사건'이다. 흥미로운 점은 '제주

4·3 사건'이 '여수·순천 사건', '국민보도연맹 학살 사건', '대전 산내 골령골 학살 사건' 등과 긴밀한 관련성을 맺고 있다는 사실이다. 이들 사건은 일제강점기, 1945년 광복, 1950년 한국전쟁, 남북분단 고착화와 같은 역사의 거대한 흐름 사이에 위치한 숨기고 싶은 진실이다.

우리는 이번 시집을 읽으며 우리나라와 민족에게 가혹하게 다가왔던 역사의 한 시절을 정직하게 파악할 수 있다. 독자들은 강상윤의 시 세계를 접하고 과거의 불편한 진실을 마주함으로써 충실한 현재를 설계하고 불확실한 미래를 대비할 수 있게 된다.

필자는 강상윤의 시에 담긴 '4·3'의 비극을 확인하면서, 그러한 비극이 우리나라와 민족을 향한 열강列強 또는 외세外勢의 거대한 압력에서 비롯되었다고 생각했다. 일본, 미국, 소련, 제국주의, 민주주의, 공산주의, 사회주의 등의 영향을 20세기 전반기에 직접적으로 받은 우리나라는 스스로의 운명을 주체적이거나 자율적으로 개척하지 못했다. 우리나라는 수십 년 동안 치욕적인 식민지 기간을 견뎌야 했고, 광복 이후에도 남과 북으로 분리되어 민족상잔으로서의 한국전쟁을 치러야 했으며, 현재까지도 남북의 분단 상황은 변함없이 유지되고 있기 때문이다.

'제주 4·3 사건'은 '남한'과 '북한', '우익'과 '좌익', '토벌대'와 '무장대' 등의 대립, 대결이 첨예화되면서 촉발되었다. 여기에서 '남한'과 '우익'과 '토벌대'는 '미국'과 관련되고, '북한'과 '좌익'과 '무장대'는 '소련'과 연결된다. 우리는 세계의 패권霸權을 노리던 미국과 소련이 한반도의 남과 북에서 각자의 이념을 펼치며 충돌한 결과가 '4·3'임을 알 수 있다. '제주 4·3 사건'과 그것의 확장판으로서의 '한국전쟁'은 남한과 북한이 미국과 소련의 역할을 대신하여 수행한 일종의 대리전일 수 있는 것이다.

10편의 시를 중심으로 살핀 강상윤의 시집에는 무고한 민간인으로서 희생당한 제주도 주민들이 등장한다. 총살 등의 방식으로 실제로 죽음을 당한 이들이 있고, 그들의 죽음을 목격한 이들의 증언이 있다. 부모, 형제, 자식 등 가까운 사람들의 죽음을 경험하고 간신히 살아남은 이들은 수십 년의 세월 동안 두려움과 괴로움을 호소하였다. '4·3'의 비극 앞에서 아기도 죽고, 여자도 죽고, 노인도 죽었다. 합리적인 근거나 마땅한 이유도 없이 그냥 죽어야만 했던 이들이 있었다.

'제주 4·3 사건'은 이제 더 많은 이들이 객관적으로 생각하고 이해하며 파악할 수 있도록 조금 더 밝은 곳으로 이동해야 한다. 필자는 '4·3'의 공론화가 필요하다고 생각한다. '4·3'의 공론화는 다양한 방식으로 시도될 수 있을 테다. 강상윤은 시적인 언어로 이를 달성하였다. 그가 제안한 진실로서의 기록 또는 최소한의 양심은 죽은 자의 영혼을 위로한다. 시인의 살아 있는 시가 앞으로 화해와 화합의 길을, 새로운 '4·3'의 여정을 펼칠 수 있기를 바란다.

강상윤

강상윤 시인은 1958년 제주에서 출생했고, 동국대학교 국문과를 졸업했으며, 2003년 『문학과 창작』으로 등단했다. (추천작 「수평띠톱기계」, 「푸른 세상」, 「자기 생을 흔들다」 등)

2004년 첫 시집 『속껍질이 따뜻하다』를 간행한 이후 『만주를 먹다』, 『요하의 여신』, 『너무나 선한 눈빛』 등을 출간했다. 2004년 문예진흥기금을 수혜했고, 한국시인협회, 한국작가회의 회원으로 활동하고 있다.

제주 4·3사건은 미군정기에서 발생했고, 6·25 전쟁 다음으로 제주도민 2만 5000~3만여 명이 희생당한 대사건이라고 할 수가 있다. '제주 4·3 시집'이란 부제가 붙어 있는 강상윤 시인의 네 번째 시집인 『너무나 선한 눈빛』은 이를 시적으로, 문학적으로, 예술적으로 형상화하였다. 왜냐하면 역사의 기록이고, 진실의 울림이기 때문이다.

이메일   ygrin77@hanmail.net

강상윤 시집
너무나 선한 눈빛

발   행   2024년 7월 22일
지 은 이   강상윤
펴 낸 이   반송림
편집디자인   반송림
펴 낸 곳   도서출판 지혜, 계간시전문지 애지
기획위원   반경환
주   소   34624 대전광역시 동구 태전로 57, 2층 도서출판 지혜
전   화   042-625-1140
팩   스   042-627-1140
전자우편   eji@ji-hye.com
               ejisarang@hanmail.net
애지카페   cafe.daum.net/ejiliterature

ISBN   979-11-5728-547-1   03810
값   10,000원